비츄 현대 판타지 장편소설
WISHBOOKS MODERN FANTASY STORY

6

비츄 현대 판타지 장편소설

초판 1쇄 찍은 날 | 2017년 5월 10일
초판 1쇄 펴낸 날 | 2017년 5월 17일

지은이 | 비츄
펴낸이 | 예경원

기획 | 위시북스
편집책임 | 박우진
편집 | 이즈플러스

펴낸곳 | 예원북스
등록번호 | 제396-2012-000132호
등록일자 | 2012. 7. 25
KFN | 제1-102호

주소 | 경기도 고양시 일산동구 호수로 646-24 위너스21 II 빌딩 206A호 (우)10401
전화 | 031-819-9431 팩스 | 031-817-9432
E-mail | yewonbooks@naver.com

ISBN 979-11-6098-247-3 04810
    979-11-5845-304-6 (set)

레벨업 어게인
비츄 현대 판타지 장편소설
WISHBOOKS MODERN FANTASY STORY
LEVELUP AGAIN
6
Wish Books

CONTENTS

1장
새로운 이벤트 (하)

새로운 방이 하나 오픈됐다.

'속성의 방이라고?'

신희현이 모르고 있던 방이다. 방의 종류는 모두 꿰차고 있다.

던전과 달리 방의 경우는 거의 절대다수가 플레이어에게 도움이 되는 역할을 하고 있으며 그 위험도가 낮으면서도 보상도 괜찮은 곳이었으니까.

던전이 대박 아니면 쪽박이라면-보상은 크지만 위험도 크므로 잘못하면 죽는다- 방은 대부분 평타 이상은 치는 곳이다.

어쨌든 신희현이 모르는 방은 거의 없다고 봐도 됐다.

혹여, 과거 극소수의 플레이어만 공유하고 있던 방이라면 모를까.

지금처럼 모든 플레이어에게 개방된 방의 경우, 모를 수가 없었다.

엘렌에게 말했다.

"속성의 방이 뭐지?"

엘렌은 순간 자신의 귀를 의심했다.

"……."

그래서 아무런 말도 하지 못했다.

속성의 방에 대해서 지금 물으신 것 같은데. 정말 나에게 질문을 하신 걸까?

그런 생각이 들었다.

설마. 정말 몰라서 물으시는 건가.

혼란스러웠다. 믿을 수 없었다.

"……농담이십니까?"

"아니, 정말 몰라서 물어보는 건데."

엘렌의 눈이 조금 커졌다.

물론 그 커졌다는 것은 신희현쯤 되는 길잡이가 아니라면 알아보지도 못할 만큼 아주 미세하게 커진 것이기는 했다만.

엘렌의 날개 끝이 미세하게 떨리기 시작했다.

"속성의 방은……."

드디어 신희현 플레이어가 모르는 것이 나왔다.

드디어 아이템 수거가 아닌 파트너의 지식 전달을 통해 파트너의 존재 의의를 증명할 수 있게 된 것 같다.

그런 생각이 든 순간 엘렌의 날개가 힘껏 펼쳐졌다.

"레벨 업에 특화된 플레이어 육성의 방입니다. 육성 중심이라고 볼 수 있습니다."

"육성 중심?"

전에도 이런 것이 있었나?

기억을 더듬어 봤지만 역시 없었다. 기억나지 않는 것이 아니라 확실히 없었다.

'없던 것이 새로 나타났다.'

이것은 작은 줄기인가, 큰 줄기인가.

약간은 혼란스러워졌지만 엘렌의 말을 경청했다.

"가이드의 이름은 라피도. 성향은 중립이며 20세 전후의 남성입니다. 가이드와의 만남 이후 속성의 마을로 이동하게 됩니다. 속성의 마을의 NPC들은 플레이어들에게 퀘스트를 주게 됩니다. 저희 파트너들이 파악한 바에 의하면 전체 퀘스트이며 난이도는 그렇게 높지 않습니다."

전체 퀘스트라 함은 신희현은 과거 시작의 방에서 클리어했던 것처럼, 모든 플레이어가 클리어할 수 있는 퀘스트를 말한다.

예를 들어 신희현이 촌장의 손자를 구해줬다 하더라도 다른 플레이어는 그 촌장의 손자를 또 구해야 한다.

각 플레이어의 방은 독립된 공간이며 공통된 퀘스트를 진행한다.

물론 보상 자체는 그렇게 크지 않다.

그러나 퀘스트 육성에 꼭 필요한 필수적인 보상을 주는 것이 바로 전체 퀘스트다.

기본 아이템 혹은 통상적으로 마주할 수 있는 상황에 대처할 수 있는 아이템을 구비할 수 있도록 도와준다.

"속성의 방 퀘스트는 보상이 굉장히 큽니다."

그런데 이 방은 뭔가 조금 이상했다. 보상이 굉장히 크단다.

"어떤 보상이 주어지지?"

"현재까지 확인된 바에 따르면 레벨 업 포인트가 보상으로 주어진다고 합니다."

"레벨 업 포인트를?"

자유 포인트보다는 등급이 낮지만 레벨 업 포인트는 결코 작은 보상이 아니다.

레벨이 곧 법인 세계에서 레벨을 올려준다니.

'히든 퀘스트도 아니고…….'

전체 퀘스트 외에 신희현이 히든 던전을 발견하여 혼자서만 클리어했던 그런 퀘스트가 히든 퀘스트다.

'레벨 업 포인트를 주는 전체 퀘스트라고?'

이해할 수 없었다. 신희현이 말했다.

"일단 한번 들어가 보는 게 좋겠어."

엘렌이 고개를 저었다.

"신희현 플레이어는 입장을 할 수 없습니다."

여전히 그녀의 날개는 활짝 펴진 상태. 신희현은 엘렌의 무표정을 읽었다.

엘렌은 분명 무표정이기는 한데.

"엘렌, 너 왜 기뻐 보여?"

"전혀 그렇지 않습니다. 저는 지금 매우 안타까워하고 있습니다. 신희현 플레이어께서는 속성의 방에 들어갈 수 없습니다. 정말 매우 아주 상당히 안타깝습니다."

아닌데. 너 지금 되게 기뻐 보이는데.

신희현은 고개를 저었다.

아니, 아무리 그래도 이런 사소한 것에서까지 기쁨을 느끼지는 않았으면 좋겠는데.

'파트너로서 설명을 제대로 하고 있는 게 그렇게 기쁜가?'

엘렌이 말을 이었다.

"속성의 방에는 레벨 상한선이 있습니다."

"얼만데?"

"400입니다."

신희현을 비롯하여 빛의 성웅 팀 전부가 들어갈 수 없다는 소리다.

"속성의 방에서 주어지는 레벨 업 포인트는 총 100개입니다."

"……뭐라고?"

이건 또 무슨 말도 안 되는 소리인가.

"한 방에서 주는 레벨 업 포인트가 100개라고?"

"예, 속성의 방은 단 한 달간 열리는 기간 한정 방입니다."

"……."

신희현은 인상을 찡그렸다.

단 하나의 방에서 레벨 업 포인트를 100개나 준다? 그런데 레벨 제한이 400이다?

이건 마치.

'플레이어들의 레벨을 급격하게 끌어올리기 위한…… 수단 같다.'

정말로 '관리자'라는 것이 있는 것인가.

'확실히.'

뭔가 있는 것 같은 기분이 들었다.

지금에 이르러서야 이러한 모든 것이 하나의 자연 현상처럼 치부되고는 있다지만, 우연치고는 너무 교묘하지 않은가.

던전들이 오픈되는 시기뿐만 아니라.

'각 주요 던전에서 드랍되는 아이템들이…….'

추후에 나타나는 던전들에서 유용하게 쓰인다.

아탄티아 던전과 최후의 던전에 이르러서는 그러한 아이템들이 유용하게 쓰이는 정도가 아니라, 완전히 필수가 된다.

'다음 던전을 가리키고 있는 데다가.'

과거 아탄티아를 기점으로 최고 레벨 수준의 플레이어들이 약 400 정도.

현재 최고 레벨 플레이어들이 200대 초중반.

'레벨 업 포인트 100개를 얻는다고 가정하면…….'

그러면 300대 초중반이 된다.

'아직 평화의 섬도 오픈되지 않았고.'

평화의 섬이 오픈된 다음, 일정 기간 시일이 흐르고 나서 아탄티아 던전이 오픈될 거다.

'그렇다면…….'

만약에 관리자라든가. 신이라든가. 뭔가 그런 비슷한 것이 있다면.

'아탄티아 던전이 열리기 전에 플레이어들의 레벨을 400 정도로 맞추기 위한…… 안배 같은 것인가?'

거기까지 생각이 미치자 기분이 조금 나빠졌다.

'관리자, 넌 도대체 뭐냐?'

어쩌면 우리는 그 관리자라는 것의 손바닥 위에서 아등바등 열심히 노력하고 있는 것일지도 모르겠다는 생각이 잠깐 들었다.

기분이 굉장히 나빠졌다.

순간, 저도 모르게 기뻐하던 엘렌이 신희현의 표정을 읽었다.

쫙 펴졌던 날개가 어느새 접혔다.

"신희현 플레이어, 화났습니까?"

"아냐, 그런 거."

화가 조금 나기는 했지만 엘렌 때문은 아니다.

시작의 방에서 맨 처음에 들었던 '관리자'라는 존재 때문에 기분이 나빴을 뿐이다.

"화가 난 것 같습니다."

"너 때문에 그런 거 아니니까 신경 쓰지 않아도 돼."

신희현은 또 생각에 빠졌다.

'내 가정이 맞다면 플레이어들의 레벨을 더 끌어올릴 수 있는 뭔가 방법이 생겨나겠지. 내가 전혀 몰랐던 방법으로.'

엘렌이 물었다.

"또 뭔가를 생각하시고 계신 겁니까?"

"내가 약간의 이론을 세워봤는데……."

"예."

"어쩌면 속성의 방 말고 다른 뭔가가 또 생겨날 수도 있을 것 같단 말이야."

"……."

그게 어떻게 예측이 되는 겁니까, 신희현 플레이어는.

엘렌은 묻고 싶었다. 하지만 참았다. 어차피 이 플레이어에게 상식이란 건 안 통하니까.

"어떤 것이 말입니까?"

"레벨을 또 한 100쯤 올려주는 기똥찬 거."

엘렌이 얼굴을 굳혔다.

"그건 가능성이 매우 적을 것 같습니다."

"어째서?"

"그렇게 되면 레벨 도합 200을 올릴 수 있게 됩니다. 시스템은 급격한 변화를 별로 반기지 않는 경향이 있습니다."

신희현은 피식 웃었다.

'과연 그럴까?'

일단은 고개를 끄덕였다.

"알았어. 일단 생각 좀 더 해볼게."

그리고 3일이 지났다.

신희현이 피식 웃었다.

"내 말이 맞지?"

엘렌은 신희현을 쳐다봤다.

"정말 초능력입니까?"

파트너인 엘렌이다. 신희현에 대해서 다 안다.

그녀는 신희현에게 '초능력' 혹은 '예지력' 따위가 없는 것을 누구보다도 잘 알고 있다.

그런데 왠지 그녀조차도 속고 있는 것 같은 기분이 든다.

"그런 스킬 없는 거 너도 잘 알잖아."

"……"

엘렌은 고개를 끄덕였다.

"그걸 너무 잘 알고 있어서 이 상황이 이해가 되지 않습니다."

"원래 이 정도는 다들 예상하는 거 아냐?"

누가 그렇습니까!

엘렌은 말하고 싶었다. 사실 '이 정도는 다들 챙기지 않냐' 고 할 때부터 반박하고 싶었었다. 하지만 오늘도 여전히 입 을 다물었다.

플레이어들 사이에서는 한바탕 센세이션이 불어닥쳤다.

속성의 방에서는 지금까지와는 비교도 할 수 없을 정도로 빠른 레벨 업이 가능했다.

그러니까 지금 엄청나게 빠른 레벨 업을 할 수 있는 수단 이 두 가지라는 소리다.

속성의 방과 속성의 탑.

"야, 속성의 방에서 자유 포인트 쌓는 거…… 좋은 방법이 아니라는데?"

"뭐라고? 왜?"

"속성의 방 말고, 속성의 탑이라는 것이 생긴 모양이야."

"던전이야?"

"어, 던전이야."

새로운 던전이 서울 강남, 코엑스가 있던 자리에 생겨났다.

원형의 거대한 탑.

피사의 사탑과 비슷한 형태의 둥근 탑인데, 그 높이가 무려 600미터에 이르렀다.

"몇 층까지 있는지는 모르겠는데 현재 고구려에 의해서 4층까지 공략이 되었다나 봐. 공략법도 풀리고 있는 중이고."

"그거랑 속성의 방이랑 무슨 상관인데?"

"던전의 각 층마다 레벨 업을 할 수 있는 구간이 정해져 있대. 정확한 건 나도 모르겠고 아마 1층에서 2층 사이에서 레벨 업을 할 수 있는 게 10부터 50레벨 구간인가 그럴 거야. 대신 엄청난 속도로 레벨 업이 가능하대."

또한 고구려에 의해 알려진 것은 다음과 같았다.

1층~2층 구간에서는 10~50레벨까지의 레벨이 빠르게 오른다. 2층~3층 구간에서는 51~100레벨까지, 3층~4층 구간에서는 101~151레벨까지의 레벨이 빠르게 오른다.

정확한 규칙성인지는 아직 알 수 없지만 1층 단위로, 50레벨씩 그 범위가 높아지고 있는 모양이었다.

"그러니까 속성의 탑에서 일단 먼저 레벨 업을 하고 그다음 속성의 방에서 레벨 업 포인트를 얻어서 올리는 게 훨씬 이득이라는 소리지."

"그렇게 따지면 속성의 방에서 얻은 포인트를 최대한 사용하지 말고 그냥 뒀다가 나중에 한꺼번에 사용하는 게 제일 좋겠네."

"이론상으로는 그게 가능한데……."

이론상으로는 그 말이 맞다. 레벨 업 포인트라는 건 나중에 사용하면 사용할수록 이득이 된다.

하지만 이론대로만 세상이 흘러가는 건 아니다.

원래 사람이 그렇다. 시험 기간이 눈앞에 닥쳐서야 몰아서 공부하고, 몸에 안 좋은 걸 알면서도 단기간에 다이어트를 하려고 시도하다 요요에 시달린다.

좋은 길을 안다고 해서 모든 사람이 그 좋은 길로 걸어가는 건 아니다.

"너나 그 짓 해라. 나는 그 짓 못해. 융통성이 있어야지 사람이."

대부분 그렇게 말했다. 이론상으로는 그게 가장 좋다지만 그걸 제대로 실천할 사람은 그렇게 많지 않았다.

당장 레벨을 빨리 올려놓으면 더 상위 몬스터를 사냥할 수 있고 더 많은 돈을 벌 수 있다.

레벨이 곧 법인 세상에서 지금 당장 레벨 업 포인트를 사용하지 않고 저축하기란 쉬운 일이 아니니까.

그런데 누군가가 말했다.

─속성의 방 포인트는 최대한 사용하지 않는 것을 부탁드립니다.

그 누군가의 이름이 빛의 성웅이었다.

"……빛의 성웅이 그렇다는데?"

하나의 신드롬이 일었다. 이름하야 '포인트 저축 신드롬'.

신강철이 키득키득 웃었다.

"형, 빛의 성웅 신드롬이라고 알아?"

"……."

영체화 상태인 엘렌의 날개가 구부러졌다.

빛의 성웅 신드롬이라니.

"다들 암묵적으로 포인트 사용 안 하기로 했대."

"……어, 듣긴 들었다."

"그래서 다들 레벨 안 올리니까 상대적으로는 안 올려도 손해가 아니래나 뭐래나."

그러다가 신강철이 물었다.

"형, 그런데 왜 그렇게 공표한 거야? 형 말이 맞기는 맞는데……. 뭔가 다른 이유가 더 있는 거지?"

신희현이 피식 웃었다.

"그렇지."

설명을 시작했다. 새로이 생겨난 던전, 속성의 탑에 대해서.

2장
히든 던전: 고대 신전

빛의 성웅 신드롬.

혹은 포인트 저축 신드롬.

모두가 암묵적으로 포인트를 사용하지 않고 쟁여놓기로 한 하나의 현상.

빛의 성웅이 말해서 하나의 신드롬이 됐다.

하지만 신희현은 안다. 모든 플레이어가 자신의 말을 따르지는 않을 거다.

'어차피…… 이 정도도 못 참고 바로 지르는 놈들은…….'

최정상급 플레이어가 되는 건 어렵다.

무슨 분야가 됐든, 어떤 것이 됐든 그 분야 내에서 1퍼센트 안에 들어가면 성공하게 마련이다.

그 성공한 사람이 되기는 무척이나 어렵다.

포인트를 쌓아두지 않고 빨리빨리 소모하는, 다시 말해 미래를 내다보고 투자할 수 있는 인내심을 가진 플레이어가 아니라면 최상급 플레이어가 되지 못할 거다.

"내가 들어갔다 왔는데…… 속성의 탑은 플레이어의 성장에 지대한 영향을 끼치는 것 같거든."

속성의 방은 못 들어간다. 하지만 속성의 탑은 들어갈 수 있었다.

신희현은 그곳에 들어가자마자 알 수 있었다.

길잡이는 길잡이대로, 딜러는 딜러대로, 탱커는 탱커대로 각자의 역할을 제대로 수행할 수 있도록 몬스터 구성과 길(혹은 트랩)이 짜여 있었다.

마치 족집게 과외를 해주는 것처럼 말이다.

"그러니까 그 레벨에 맞춰서 차근차근 속성의 탑을 클리어해 나가면…… 비약적인 실력 향상이 있을 거야."

"아, 그래서 일부러 레벨 업 포인트 쓰지 말라고 하는 거구나? 그 레벨에 맞는 층을 꾸준히 클리어해 나갈 수 있도록."

"그렇지."

"오케이, 알았어. 난 친구 좀 만나고 올게. 역시 우리 형 짱!"

신강철이 밖으로 나갔다.

신희현은 생각에 빠졌다.

'내 생각이 맞았어.'

너무 정확하게 들어맞아서 찝찝할 정도다.

'뭔가가 있다.'

누군가 분명 있다. 사람인지 아닌지는 모르겠다.

그것과 더불어 진행되고 있는 '히든 퀘스트', 키워드는 '고대'.

지금 그가 알아가야 할 것은 크게 두 가지라는 거다.

'고대가 키워드인 히든 퀘스트. 거기서 얻은 불의 씨앗.'

HAN을 얻는 것과 과거에는 몰랐던 '고대 메인 퀘스트'를 클리어해 나가는 것.

이 길의 끝에는 분명 뭔가가 있다. 과거에는 몰랐던 뭔가가 말이다.

'HAN을…… 반드시 얻고 만다.'

그것 말고는 지금 방법이 없다. HAN을 얻고 나면 뭔가를 알 수 있을 것 같았다.

강민영이 신희현 옆에 앉았다.

"요즘 오빠 또 무슨 생각을 그렇게 해? 엄청 깊게 생각하는 것 같던데?"

"우리가 걷는 이 길 끝에 뭔가가 있을까 잠깐 생각해 봤어."

"무슨…… 최후의 보상이라는 게 있다면서?"

"그걸 얻으면 모든 게 끝날까 싶어서. 사실 우린 그게 뭔지도 정확하게 모르니까."

그러고서 강민영의 머리를 한 번 쓰다듬었다.

'일단 우리는…… 지금 할 수 있는 최선을 다해야겠지.'

그리고 다음 날.

신희현을 비롯한 빛의 성웅 팀은 속성의 탑으로 향했다.

현재 고구려에 의해 4층까지는 공략법이 발표된 상태.

최용민에게 연락이 왔다.

─5층에 도착했습니다. 예상대로 5층에서는 200레벨에서 250레벨까지의 레벨 업이 빠르게 이루어지는 구간 같습니다.

"알겠습니다. 바로 5층으로 가겠습니다."

신희현은 그의 팀과 함께 속성의 탑으로 움직였다.

속성의 탑 4층.

플레이어 중 톱이라 자부하는 이들 대부분이 이곳 4층에 모여 있다.

누군가 신희현의 팀을 향해 황급히 외쳤다.

"이, 이봐. 여, 여긴 4층이라고! 거기 문 함부로 열지 마! 몬스터 뛰쳐나오면 어쩌려고, 씨팔! 저 새끼들 잡아!"

그들 눈에는 어떤 미친놈들이 고구려의 허락도 없이 5층으로 막무가내 진입을 하는 것처럼 보였다.

신희현이 고개를 절레절레 저었다.

'고구려도 은근히 일처리가 늦네.'

이해는 한다. 지금 김상목을 비롯한 최상급 플레이어들은 5층을 클리어하고 있을 거다.

당연한 얘기지만 던전 안에서는 바깥과의 소통이 제한된다. 바깥에서 어떠한 결정이 내려졌다고 해서, 그것이 던전 내의 플레이어에게 바로 전달되지는 않는다.

그때, 목소리가 들려왔다.

"자, 잠깐!"

누군가가 헐레벌떡 달려왔다. 복장을 보아하니 마법사 같았다.

파란색 자수가 박힌, 꽤나 상급이라 짐작되는 로브를 입은 남자. 신희현은 그 남자를 쳐다봤다.

'펜드라의 지팡이?'

로브에 가려져서 얼굴은 잘 보이지 않았지만 저 지팡이, 눈에 익은 지팡이다.

'변도현?'

과거 변도현이 가지고 있었던 아이템. 얼음계 마법사에게 굉장히 유용한 아이템이라고 했다.

'서지석이 제대로 치료했나 보군.'

최용민은 자신의 말을 제대로 이해한 게 틀림없었다. 변도현을 제대로 살려냈고 고구려의 전력으로 삼은 모양이다.

변도현이 로브를 벗었다.

아니나 다를까. 전혀 처음 보는 새로운 얼굴이 보였다.

영구 폴리모프 물약을 섭취했겠지.

신희현은 아무도 모르게 피식 웃었다.

변도현이 먼저 손을 내밀었다.

"처음 뵙겠습니다. 고구려 소속 이두호라고 합니다."

신희현도 그 손을 맞잡았다.

'말투도 고쳤네.'

변도현의 손가락 끝이 떨리는 게 보였다. 물론 신희현쯤 되는 길잡이의 눈에나 보일 정도로 미세한 떨림이었다.

잠시 악수를 나눴다.

"안녕하세요, 신희현입니다."

처음 신희현을 막아섰던 플레이어들은 고개를 갸웃했다.

'저 사람이 누군데?'

저 로브를 쓴 남자. 누군지는 모르겠지만 굉장히 고수 같은 기분이다. 고수끼리는 아이템만 봐도 안다. 저 남자는 분명 고수였다.

'저 사람은 허접인데.'

아이템이 그리 좋아 보이지 않았다…… 라고 생각했는데.

'물의 정령사 강유석?'

빛의 성웅 팀 중 얼굴이 가장 많이 알려져 있는 강유석을 발견한 플레이어가 입을 쩍 벌렸다.

"대, 대장님. 강유석입니다. 강유석."

"……강유석?"

"네, 그 유명한 정령사 있잖아요. 강유석, 물의 정령사."

그는 머리카락이 쭈뼛 서는 것 같은 기분이 들었다.

'무, 무, 물의 정령사 강유석이라면…….'

그렇다면.

'저, 저 팀은…….'

물의 정령사 강유석이 포함되어 있는 팀은 단 하나뿐이다. 그 유명한 불의 법관이 포함되어 있고.

'비, 비, 빛의 성웅 팀?'

그보다도 훨씬 유명한 빛의 성웅.

길잡이이자 소환사인 그가 이끌고 있는 팀.

그는 스스로 자신이 외쳤던 말을 떠올렸다. 씨팔, 저 새끼들 잡아. 뭐 이런 식으로 얘기했던 것 같다.

식은땀이 흘러내렸다.

"허, 헉! 몰라 뵈었습니다. 죄송합니다."

신희현이 어깨를 으쓱했다.

"아뇨, 괜찮습니다. 이두호 씨가…… 안내를 맡은 겁니까?"

"예."

"클래스는 얼음계 마법사군요."

"……예."

"잘 부탁드립니다."

수호신을 완전히 떼어버린 건가.

그것까지는 파악할 수 없었다.

서지석의 능력으로 완벽하게 100퍼센트 치료를 하지는 못했을 것 같기는 한데.

신희현이 이두호의 눈을 쳐다봤다. 그리고 그의 귓가에 속삭였다.

"고딘, 만에 하나 허튼수작을 부리면…… 그 즉시 죽여 버린다."

이두호가 흠칫 몸을 떨었다.

"역시 알고 계셨군요."

"이두호 씨도 마음 단단히 먹으세요. 또다시 놈에게 휘둘렸다가는 그땐 내 손으로 죽일 테니까."

"……명심하겠습니다."

신희현은 한 가지 사실을 더 알게 됐다.

만약 이두호에게서 고딘이 완전히 떨어져 나갔다면 명심하겠다가 아니라, '고딘은 더 이상 제 수호신이 아닙니다'라고 말을 했을 터였다.

'뭐, 중요한 건 아니지.'

변도현에게는 그에 맞는 수호신이 다시 선별될 테니까.

아마도 아탄티아 던전에서.

'가 볼까.'

아름다운 세계를 이끌고 있는 강현수가 입술을 살짝 핥았다.

"김상목 씨, 너무 무리하는 거 아닌가요?"

"소고기 먹으려면 열심히 해야죠."

"소고기야 마음만 먹으면 죽을 때까지 배 터지게 먹을 수 있는 분이. 뭐, 어쨌든 노력하는 모습은 아름답고 섹시하네요."

"남자한테 아름답고 섹시해 보이고 싶지 않네요."

헤라클레스의 팀장 김경수도 김상목에게 감탄의 눈길을 보냈다.

'엄청난 성장 속도다.'

김상목하면 원래부터 최강자에 속하는 플레이어였는데, 속성의 탑을 클리어해 가면서 그 성장 속도가 더 빨라진 것 같다.

정확한 건 아니어도 다른 플레이어들보다 레벨 업 속도가 더욱 빠른 것 같았다. 그에 관련한 어떤 특수한 스킬이 있는 것이라 짐작됐다.

용병으로 활동하는 것을 즐기는 마녀 강하나와 정의구현의 팀장 김동재도 김상목의 성장 속도에 감탄했다. 거기에 폭풍대를 이끌고 있는 이형진도 고개를 끄덕였다.

참고로 이형진과 김상목은 형 동생 하는 사이다. 이형진이 더 형이다.

"상목아, 너 그러다가 빛의 성웅 따라잡겠다?"

김상목이 피식 웃었다.

"그러려면 소고기 백만 근은 먹어야 될걸요?"

"그놈의 소고기 타령. 지겹지도 않냐?"

"조금이라도 따라잡으면 좋겠네요."

그리고 그사이, 빛의 성웅 팀이 5층에 도착했다.

"오랜만입니다, 여러분."

신희현이 주위를 둘러봤다. 과거 최후의 던전을 함께 클리어했던 동료가 많이 보였다.

'광개토?'

고구려의 에이스 팀 광개토가 아무래도 합병 절차를 거친 것 같다.

'담덕이 보이지 않네.'

과거 오르벨을 사냥할 때 보았었던 담덕. 그가 원래 광개토의 팀장이었다. 그런데 시간이 흘러 고구려 내에서 합병 절차를 거쳐 새로운 광개토로 거듭난 모양이었다.

'과거와 비슷한 구성이야.'

몇 명이 보이지 않기는 했지만. 하여튼 그랬다.

현재 광개토의 팀장은 김상목.

김상목이 이끌고 있는 광개토.

괴력 김경수가 이끌고 있는 헤라클레스.

경찰 김동재가 이끌고 있는 정의구현.

폭풍 이형진이 이끌고 있는 폭풍대.

행운 강현수가 이끌고 있는 아름다운 세계.

마녀 강하나.

미치광이 학살자 변도현.

'여기에 탁민호와 홍경식.'

이 정도 되면 최후의 결사대의 중추가 완성되기는 했다.

'그리고.'

강유석에게 눈이 향했다.

'유석이.'

최후의 결사대, 그중에서도 가장 강력했고 모두를 통합했
었던 폭군 강유석.

그들이 이 한자리에 모였다.

신희현이 말했다.

"한번…… 본격적으로 시작해 볼까요?

플레이어들은 감탄했다.

"뭐 저런 인간이 다 있지?"

그들이 본 신희현은 거의 신이었다. 트랩이든 몬스터든,
그 어떤 것도 신희현의 발걸음을 늦추지 못했다. 그들이 본

신희현은 거의 전지전능한 플레이어였다. 뭐 저딴 사기적인 능력이 다 있나 싶다.

"우리랑 레벨 차이가 한 100은 넘게 나는 것 같은데."

아무래도 그런 것 같다. 레벨이 높으면 저층은 통과하기 쉽다.

지금 그런 형국이다.

신희현은 결론을 얻었다.

"공략법은 공유하지 않겠습니다. 여러분 스스로가 클리어하기 바랍니다. 모두 아시다시피 속성의 탑은…… 플레이어의 육성을 돕는 던전입니다."

그렇지 않고서야 자유롭게 출입이 가능할 리 없지.

게다가 각 단계와 레벨에 맞춰 적합한 난이도를 갖고 있었다.

"마치 족집게 과외처럼 말이죠. 그러니까 여기서 제가 공략법을 공유하고 퍼뜨리면 오히려 여러분께 독이 될 겁니다."

김상목이 대표해서 고개를 끄덕였다.

"알겠습니다. 그러면 빛의 성웅께서는……?"

"저는 저희 팀과 함께 상층부를 공략해 보겠습니다."

신희현은 자신의 팀원들과 함께 위층으로 향했다. 당연한 말이지만 속성의 탑은 어렵지 않았다.

빛의 성웅에 의해 새로운 사실이 알려졌다.

7층, 301~350레벨 플레이어에게 특화된 곳.

8층, 351~400레벨 플레이어에게 특화된 곳.

9층, 401~450레벨 플레이어에게 특화된 곳.

하층부뿐만 아니라 상층부 역시도 '50레벨 구간'이 똑같이 적용되는 것 같았다.

그리고 10층에 도달했을 때 신희현은 새로운 사실을 하나 알 수 있었다.

[레벨이 올랐습니다.]

[레벨이 올랐습니다.]

[레벨이 올랐습니다.]

그동안 거의 이루어지지 않던 레벨 업이 빠르게 이루어진 것까지는 좋았다.

그런데 이상한 알림이 들려왔다.

[축하합니다!]

[최초로 레벨 500을 달성하였습니다!]

이것이 뭔가 업적으로 인정되는가 싶었는데, 그게 아니었다.

[한계 레벨에 도달하였습니다.]

[더 이상 레벨 업을 진행할 수 없습니다.]

신희현의 얼굴이 굳었다.

'한계 레벨이라고?'

그럴 리 없다.

옆을 힐끗 쳐다봤다. 현재 강유석의 레벨은 약 470.

'내가 아는 강유석은.'

폭군 강유석은 레벨 600이 넘었었다. 거의 확실한 정보였다.

'뭐가 어떻게 된 거지? 500이 한계 레벨일 리는 없다.'

그때, 또 다른 알림음이 이어졌다. 그의 몸이 멈칫했다.

[히든 퀘스트: '고대 신전'이 활성화됩니다.]

[히든 던전: '고대 신전'이 오픈되었습니다.]

[히든 퀘스트는 타 플레이어와 공유할 수 없습니다.]

고대와 관련한 퀘스트가 또 시작되었다.

신희현은 TIP 알림음을 활성화시켰다.

['히든 던전: 고대 신전' 활성화가 가능합니다.]

[고대 신전 퀘스트는 타 플레이어와의 공유가 불가능합니다.]

[제한 시간: 7시간 30분 28초.]

고대 유적에 이어 고대 동굴.

이제는 고대 신전인가.

'고대 신전이란 건 없었어.'

고대 유적이나 고대 동굴도 마찬가지였었다. 과거에는 등장하지 않았던, 아니, 어쩌면 등장했었지만 신희현은 알지 못했던 던전들이 등장하고 있다.

'뭐가 벌어지고 있는 거지?'

과거에는 없었던 속성의 방과 속성의 탑, 그리고 이번에는 고대 키워드를 가진 히든 던전까지.

거기에 레벨 500 제한.

'강유석은 레벨 500을 확실히 넘었었고.'

머리가 조금 아파오는 것 같았다. 큰 줄기는 변하지 않는다.

'지금 이러한 것들이…… 나도 모르는 사이에 진행이 되었었던 건가?'

이러한 것들이 결코 작은 줄기 같지는 않다는 예감이 들었다.

가만히 있을 수는 없었다. 과거에 누군가가 이러한 것들을 진행했었다면, 이번에는 자신이 그것을 진행해야 하는 게 맞았다.

'과거에는 강유석이 진행했을 확률이 높다.'

강유석은 대격변이 지나고 한참 후에 두각을 드러낸다. 약 8년의 시간 동안 무명이었다는 소리다. 그 무명의 시간 동안, 그는 혼자서 이러한 퀘스트나 히든 던전을 클리어하고 있었을지도 모를 일이다.

'준비는 해야겠지.'

시간이 그리 길지 않다. 남은 시간은 불과 7시간 정도.

혼자서 던전을 준비해야 하는데, 그 시간으로는 충분하지 않은 시간이다.

빵!

경적 소리가 가볍게 울렸다.

"안 타십니까?"

과거 신희현은 면허를 딸 생각이 없느냐고 물었었다. 다른 사람도 아니고 엘렌에게 말이다.

그때는 농담이었다. 운전을 하는 파트너. 그런 파트너가 어디에 있단 말인가.

그때는 농담이었는데 그 농담이 이제 사실이 됐다.

고구려에서 엘렌의 신분을 하나 만들어줬고 면허증 발급까지 도와줬다. 신희현에 대한 서비스라나 뭐라나.

하여튼 엘렌은 좀 상기된 표정이다. 그녀 스스로 무언가를 할 수 있다는 사실이 기쁜 듯했다.

"가자."

팀원들에게 말해서 몇몇 필요한 물품을 사 오게 했다.

상급 간소화 주머니에는 쉽게 상하는 물품들을, 일반 간소화 주머니에는 상하지 않는 물품들을 분류해서 준비했다.

'고대 유적에는 황금 골렘이 있었다.'

그 당시, 그 레벨로는 절대로 클리어가 불가능했던 곳이었다. 버그를 알고 있지 않았다면 황금 골렘을 절대로 잡을 수 없었다. 버그만 안다고 해서 되는 것은 아니었다.

'그때…… 경험이 없었다면…….'

단순히 공략법을 안다고 해서 모든 던전을 클리어할 수 있는 건 아니다.

공략법은 어디까지나 지식이다. 그것을 실제로 몸으로 실천하여 클리어를 해내는 것은 플레이어다.

경험 없는 플레이어의 지식은 죽은 지식과 다름없다.

'고대 동굴에는…….'

크레바스 맘모스와 맘모스 헌터가 있었다.

'역시 사냥이 불가능한 몬스터지.'

특히나 맘모스 헌터는 당시 최고 레벨의 플레이어도 건드리지 않았던 몬스터다. 아니, 건드릴 수 없었다. 레벨 추정도 불가능했을뿐더러 맘모스 헌터는 애초에 사냥 대상이 아니었으니까.

'라이나의 도움이 없었다면 그곳에서 타 죽었을지도 몰라.'

사냥 불가능한 몬스터.

신성이 유독 빛을 발했던 마지막 불의 제단 역시 혼자서의 힘으로는 클리어가 불가능했었다.

그 말인즉.

'쉽지는 않을 거다.'

절대 쉽게 클리어할 수 없을 거라는 말이다.

'게다가 던전 브레이크도 막지 못했어.'

현재 레벨 500.

과거와 비교도 할 수 없을 만큼 높은 레벨인데, 그럼에도 불구하고 던전 브레이크를 막지 못했다. 던전의 난이도 자체가 만만하지는 않다는 소리다.

그래도 그냥 넘어갈 수는 없다. 분명 이건 하나의 커다란 줄기였고, 그 줄기를 따라 나아갈 수 있는 사람은 자신이 유일했으니까.

집으로 돌아왔다. 남은 시간은 약 1시간 정도. 통조림을 비롯해 몇몇 생필품을 구입해 온 강유석이 물었다.

"새로운 퀘스트예요? 형 혼자 진행해야 되는?"

"엉."

신희현은 고개를 끄덕였다.

'넌 어떻게 600을 넘겼던 거지?'

그래서 그는 폭군으로 군림할 수 있었다. 강유석이 그 눈빛을 느꼈는지 고개를 갸웃했다.

"제 얼굴에 뭐 묻었어요?"

"아니. 그나저나 너 지금 레벨이 몇이야?"

레벨이라는 건 또 다른 목숨이나 다름없다. 상대의 레벨을 묻는 건 아주 실례다. 친한 사이도 그런 건 잘 묻지 않는다.

빛의 성웅 팀이 조금 특별하게 그걸 숨기지 않을 뿐.

"지금 483, 아니, 어제 레벨 업해서 484요."

신희현은 레벨 디텍터를 활용해서 레벨을 확인했다.

[레벨: 484]

강유석의 말은 정확했다.

"내가 없을 때에 절대로 수호신을 부르지 마. 알겠지?"

"알았어요. 근데, 형……."

강유석은 조심스레 얘기했다.

"근데 형은 뭔가…… 저를 좀 못 믿는 것 같아요."

"……."

강유석을 못 믿는 건 아니다. 다만, 강유석이 과거처럼 미쳐 버렸을 때에 감당하기가 너무나 힘들 뿐이다.

"저도 이 팀에 속한 지 꽤 됐고 열심히 하고 있는데…… 가족이 아니라서 그런 거예요?"

신희아, 신강철 모두 신희현의 가족이고 강민영은 애인이다. 그에 반해 강유석은 아무런 연고도 없다.

신희현은 강유석을 쳐다봤다.

"……."

자세히 보니 뭔가 약간 울먹거리는 것 같기도 했다. 강유석의 머리를 두어 번 쓰다듬었다.

"소외감 느꼈냐?"

"아, 아뇨. 그렇다기보다는……."

안타깝게도 신희현의 눈썰미는 일반 눈썰미가 아니다. 그는 길잡이고, 관찰력이 남들보다 훨씬 좋으니까.

순간 좀 미안한 마음도 들었다. 과거의 강유석과 지금의 강유석은 다르지 않은가.

"나는 널 믿지만, 네 수호신은 못 믿어. 수호신 이름, 아직도 모르지?"

"네, 몰라요."

"내가 오래전에 알던 친구 중에 너랑 정말 비슷한 애가 있었거든."

"……저랑요?"

그래, 사실은 너랑 비슷한 게 아니고 너였지만.

"원래 엄청 멀쩡했었는데……. 이유는 모르겠지만 갑자기 미쳐 버렸어."

"그게 수호신 때문이었어요?"

"아니, 그건 아직도 확실하지 않아."

"……."

"미쳤는데 아무도 말리지 못했어. 누가 봐도 말려야 할 상황이었는데 아무도 말리지 못했어."

"그다음은요?"

"그다음은……."

신희현이 어깨를 으쓱했다.

지금 이렇게 되었지. 지금 다시 멀쩡한 모습으로 네가 살아 있잖아.

"하여튼 나는 너를 잃고 싶지 않아."

지금의 강유석은 잃을 수는 없다. 과거의 강유석이 튀어나오지 않게 하는 것. 조심해서 나쁠 것이 없다.

신희현이 말했다.

"던전 갔다 올게."

신희현은 강민영과 잠깐의 키스를 나눴다.

"왜 나는 함께 못 가는 거야?"

"걱정 마. 금방 돌아올 테니까."

"응."

강민영은 신희현이 던전에 가는 게 싫다.

선택형 던전이라고 했다. 잘 모르는 던전. 같이 가는 것도 아니고 혼자 따로 보내고 싶지는 않았다.

게다가 신희현이 이렇게 이것저것 미리 준비를 하는 던전은 분명 클리어하기 어려운 던전일 것이 틀림없었다.

신희현이 강민영의 머리를 쓰다듬었다.

"결혼도 안 했는데 과부로 만들 수는 없지."

"나 과부 만들면 알아서 해. 절대 용서 안 할 거야."

"알았어. 조금만 기다려."

둘은 다시 한번 키스했다. 그리고 신희현이 던전을 활성화했다. 방과 활성화하는 것이 비슷했다.

[히든 던전: 고대 신전이 활성화됩니다.]

[고대 신전 퀘스트는 타 플레이어와의 공유가 불가능합니다.]

[고대 신전에 입장하시겠습니까?]

눈이 부셨다. 이마에 손을 얹어 햇빛을 가린 채 주위를 둘러봤다.

"여기는······."

끝이 보이지 않는 들판이 보였다. 갈대밭이었다.

신희현을 기준으로 왼쪽은 갈색 갈대밭, 오른쪽은 푸른 갈대밭이었다.

신희현은 그것을 놓치지 않았다.

'왼쪽은 가을, 오른쪽은 여름인가.'

보통 이러한 것들은 던전 클리어의 단서가 되곤 한다. 어떤 단서가 어떻게 쓰일지는 모르지만 최대한 많은 정보를 취합해야 한다. 그것을 취합하여 쓸모 있는 정보로 바꾸는 것이 바로 길잡이의 역할이고.

'왼쪽으로 이동하는 것이 좋겠어.'

가만히 있는다고 답이 나오는 건 아니다.

어디론가 움직이기는 해야 하는데, 이왕이면 더 선선한 날씨로 더 좋은 컨디션을 유지할 수 있는 곳으로 움직이는 게 맞다.

'갈대에 숨어 있는 몬스터는 없나.'

초감각을 활성화했다. 딱히 잡히는 건 없었다. 동물도 보이지 않았다. 몬스터가 있으면 새가 날아오른다거나 하는 징후가 포착되게 마련이다.

'함정은?'

함정 역시 보이지 않았다.

'이상하네.'

함정도 몬스터도 없었다. 지금 확인 가능한 건 갈대밭뿐.

색깔이 다른 갈대밭.

엘렌이 물었다.

"신희현 플레이어, 뭔가를 발견하셨습니까?"

"아니, 아무것도 없어."

"그렇다면 계속해서 이동하면 됩니까?"

"아니, 내가 뭔가를 놓치고 있는 것 같아."

던전이다. 대체적으로 던전은 플레이어에게 우호적이지 못하다.

'게다가 이곳의 이름은……'

이곳의 이름은 고대 신전이다.

갈대밭과 고대 신전. 무슨 관련이 있는 거지.

알 수 없었다.

"혹시 모르니까 엘렌 너는 저쪽으로 가서 갈대를 좀 꺾어와."

엘렌이 날개 네 장을 펼치고 날았다. 아이템을 수거할 때 그녀의 날개가 가장 크게 펼쳐졌다.

갈대의 이름은 말 그대로 그냥 '갈대'였다. 아직 물기가 채 마르지 않은 여름의 푸른색 갈대 하나. 그리고 약간 마른 가을의 갈색 갈대 하나. 일단은 인벤토리에 챙겼다.

신희현은 걸음을 옮겼다.

"같은 놈인데 다른 놈이라."

"무슨 뜻입니까?"

"뭔가 힌트가 있을지도 모르거든. 이 갈대는 똑같은 놈이야. 초록색 놈이나 갈색 놈이나."

이 갈대가 현실의 갈대라고 보기는 어렵다.

하나의 아이템이다. 어쨌거나 두 개의 아이템 명칭은 전부 '갈대'였으나 생긴 것은 달랐다

"엘렌, 이곳의 명칭이 고대 신전 맞지?"

"예, 그렇습니다."

신희현은 사진기를 꺼냈다.

이곳저곳 엘렌이 보기에는 똑같아 보이는 곳들을 열심히 찍었다. 그러고서 걸음을 옮겼다. 얼마나 걸었을까. 알림음이 들려왔다.

[축하합니다!]

[1차 관문을 통과하였습니다.]

[보상으로 '빛이 나는 돌'을 획득하였습니다.]

아무것도 하지 않았는데 1차 관문을 통과했단다. 게다가 '빛이 나는 돌'을 획득했다.

'빛이 나는 돌이라.'

NPC들이 꽤나 좋아하는 아이템이다.

딱히 효용성이 있는 아이템은 아닌데, 등급상으로 따지면 '태양의 돌'보다 두어 단계 정도 낮은 아이템이다.(과거, 신희현이 헬퍼에게 '태양의 돌'을 달라고 윽박질렀었다.)

신희현이 잠시 눈을 감았다. 아까 있었던 것들을 전부 떠올리려 애썼다.

'이러한 경우는……'

이러한 경우, 1차 관문에 커다란 단서가 숨겨져 있는 경우가 많다.

무언가 놓쳤을 수도 있다. 그것을 놓치면 나중에 힘들어진다.

그것을 알기에 신희현은 아까의 상황을 다시 한번 머릿속에 집어넣고 풍경을 그렸다.

사진도 다시 한번 확인했다. 제대로 저장이 되어 있었다.

풍경이 바뀌었다. 갈대가 사라졌다. 아무것도 없는 황량한 들판이 나타났다.

엘렌이 말했다.

"들판입니다. 아무것도 보이지……."

아무것도 보이지 않는 줄 알았는데 뭔가가 나타났다.

쿠구궁!

땅이 울렸다. 땅이 울리면서 거대한 바위 같은 것들이 땅에서 솟아났다.

저만치 멀리, 석양이 지고 있는 들판에.

"석상?"

석상들이 나타났다.

거대한 얼굴을 가진 석상. 거대한 눈, 거대한 코, 거대한 입, 직사각형 형태의 길쭉한 얼굴, 그리고 커다란 귀.

'석상들이 천천히 이동하고 있다. 숫자는 약 70.'

신희현은 멀찌감치 그 석상들을 관찰했다.

뭔가가 숨겨져 있는 던전인지는 알 수 없지만, 갈대밭에서 힌트는 얻었다.

엘렌이 물었다.

"뭘 해야 하는 겁니까?"

"네가 파트너잖아? 나한테 정보를 좀 줘봐."

"제가 말입니까?"

'당연히 신희현 플레이어가 주는 거 아닙니까'라고 되묻는 듯한 표정이라 신희현은 할 말을 잃고 말았다.

어차피 엘렌도 이에 관한 정보는 없을 거다.

"자세히 보면 생김새가 미묘하게 달라."

"그렇습니까?"

엘렌이 자세히 석상들을 쳐다봤다.

"크기 약 5미터. 그러나 다른 점들은 찾기 어렵습니다."

엘렌의 눈으로는 다 똑같이 보였다.

"자세히 보면 조금씩 달라. 아무래도 같은 놈들을 찾는 것 같은데."

"같은 걸 찾아서 어떻게 합니까?"

"아마 주변에 놈들을 짝지어서 놓을 수 있는 공간 같은 것이 마련되어 있을 거야. 거기로 움직여 놓으면 대부분 해결되거든. 보통은 이런 걸 짝짓기라고 하지."

"……."

엘렌은 말을 잇지 못했다.

좋다. 찾는 것까지는 그렇다 치자. 그런데 똑같은 놈끼리 어떻게 짝을 지어놓는단 말인가.

크기가 5미터가 넘는 석상을 말이다. 들어서 옮길 수도 없는데 말이다.

"옮기는 건…… 불가능하지 않습니까?"

그런데 그때, 석상들에 가까이 다가간 신희현이 황당한 짓을 저질렀다.

"어때? 별로 어렵지 않지?"

3장
데스 리치

신희현이 걸음을 옮겼다.

'이 모습은 마치.'

이것과 비슷한 형태를 예전에 본 적 있다.

다른 곳도 아닌, 최후의 던전에서.

'이번에는 최후의 던전인가.'

고대 동굴에서는 아탄티아 던전 내 지저의 천공을 봤었다.

아탄티아의 지저의 천공보다는 규모가 작고 난이도가 높지 않았지만 어쨌거나 형태 자체는 지저의 천공과 닮아 있었다.

그런데 이번에는.

'석상의 방.'

최후의 던전 내에 있는 석상의 방과 닮아 있었다.

그것은 저만치 앞 원형 제단을 발견했을 때에 확신할 수 있었다.

신희현은 원형 제단 위로 올라갔다.

제단 위, 공중에 뭔가가 둥둥 떠 있었다.

네모난 형태. 얼핏 보면 태블릿 PC와도 비슷하게 생긴 그것은 허공에 둥둥 뜬 상태로 천천히 회전하고 있었다.

신희현이 말했다.

"어때? 별로 어렵지 않지?"

네모난 그것을 조작했다. 어릴 때에 많이 하던 퍼즐과도 비슷했다.

4×4 형태의 퍼즐.

신희현은 빠른 속도로 그것을 맞추기 시작했다.

신희현의 손가락 움직임에 따라 석상들 역시 빠른 속도로 이리저리 움직였다.

엘렌은 묻고 싶었다.

'그게…… 안 쉬운 겁니까?'

아니, 도대체 이러한 것이 있다는 것은 어떻게 알았으며 저것의 조작법과 사용법은 어떻게 알고 있는 것인가.

엘렌은 약간 자포자기했다.

"석상을 움직이는 것이…… 이렇게 쉽군요."

그래요. 쉽다고 합시다.

그렇게 말하고 싶을 정도였다.

신희현이 빠르게 손가락을 움직였다.

"이 석상들을 다 맞추면 뭐가 어떻게 될지 몰라. 마음 단단히 먹고 있어."

"뭐가 어떻게 된다는 게 무슨 말입니까?"

"석상 퍼즐을 모두 맞추면……."

과거에는 두 가지 경우가 있었다.

첫 번째 팀의 경우에는 새로운 게이트가 열렸다.

또 다른 팀은 보스 몬스터 '플리아'가 나타났었다.

그리고 두 번째 팀 18명 중 단 3명만이 살아남았었다.

'플리아가 나타난다거나 하지는 않겠지.'

아니, 나타난다고 해도 그렇게 두렵지는 않다.

지금은 레벨 제한이 걸려 있는 상태가 아니다.

현재 자신의 레벨은 500.

500 정도면 충분히 상대할 수 있을 것이다.

"게이트가 열리든, 새로운 몬스터가 나타나든 할 거야."

어차피 여기까지 온 거 물리거나 되돌릴 수는 없다.

후우웅-!

거대한 소리와 함께 석상들이 마구 날아다녔다.

시간이 흘렀다.

"됐다."

4×4 형태의 퍼즐.

그것은 커다란 석상 하나를 그려내고 있었다.

[축하합니다!]
[두 번째 관문을 클리어하였습니다.]

클리어됐다. 어떻게 될까.
그 역시 잠시 긴장했다. 알림음이 이어졌다.

[보상을 산정합니다.]
[클리어 진행 플레이어의 클래스를 확인합니다.]

신희현은 알림에 귀를 기울였다.
이것은 독립된 관문들이 아니라는 확신이 들었다.
던전들이 그렇다. 굵직한 던전들은 다음 던전들을 준비할
수 있는 아이템들을 보상으로 준다.
이 히든 던전도 마찬가지였다. 이 히든 던전의 각 관문에
서 주어지는 아이템은 다음 관문에서 요긴하게 쓰일 확률이
매우 높았다.
'게다가 클래스를 확인하여 주어지는 보상.'
어떤 보상이 주어질까.

[보상으로 '소환사의 비술'이 주어집니다.]

신희현은 고개를 갸웃했다. 모르는 아이템이다. 소환사의 비술. 개수는 1개. 형태는 책이었다.

'소환사의 비술이라고?'

〈소환사의 비술〉

위대한 소환사 가르바토 필리시소푸가 남긴 위대한 비술.

소환사의 소환 스킬 사용 시 마력 및 체력 소모를 없애준다.

획기적인 아이템이라 할 수 있었다. 소환 스킬 사용 시 마력과 체력 소모를 줄여주는 것도 아니고 없애준다.

'정령왕 칸드도 소환이 가능한 건가?'

칸드 역시 소환술로 소환하는 거다. 그런데 마력과 체력 소모를 완전히 없애준단다. 그렇다면 칸드를 마음 놓고 부릴 수 있게 된다는 소리다.

안타깝게도 알림이 계속 이어졌다.

[소환사의 비술은 노블레스 등급 이하의 소환수에게만 적용됩니다.]

[노블레스 등급을 초과하는 소환수를 소환 시 사용 가능. 효과는 적용되지 않습니다.]

신희현이 파악하기로 칸드는 노블레스 등급을 초과한다.

사용은 가능한데 효과는 적용되지 않는단다.

처음 받았을 때는 획기적인 아이템이라 생각했는데 마냥 그렇지는 않았다.

['소환사의 비술'의 사용 횟수는 1회로 제한됩니다.]
['소환사의 비술'은 고대 신전 내에서만 사용이 가능합니다.]

그러니까 소환사의 비술은 이곳 던전 클리어를 할 때에만 사용이 가능하다는 소리며, 단 1회만 사용할 수 있다는 거다.

칸드를 소환할 때에도 사용은 할 수 있지만 사용해 봐야 1회 사용권만 날려 버리는 꼴이 되어버리는 거다.

엘렌이 물었다.

"소환사의 비술에 대해서 확인하셨습니까?"

"어, 대충은."

"쓸모가 있는 아이템입니까?"

"글쎄, 보면 알겠지. 어쩌면 이곳을 빠져나가지 못할 것 같다는 생각도 들어."

"그게 무슨……?"

신희현이 하늘을 쳐다봤다.

뭔가 커다란 것이 떨어져 내리고 있었다. 그것은 하나의 거대한 땅덩어리 같았다. 섬이 하늘에서 내려오는 것 같았다.

'저게 다음 관문인가.'

거대한 땅이 내려왔다. 워프 포탈이 보였다. 그 워프 포탈을 타고 이동하자 눈앞에 거대한 신전이 보였다. 아까 땅 밑에서 보았던, 하늘에 떠 있는 땅 위에 세워진 신전 같았다.

'이게 고대 신전인가?'

고대 그리스 신전과 비슷한 양식을 따르는 신전. 기둥이 여러 개 있고 하얀색 대리석이 바닥에 깔려 있었다.

'기둥들 사이에 보이는 석상들.'

아까와 비슷하게 생긴 석상들이 기둥 사이사이에 놓여 있었다.

[고대 신전이 오픈되었습니다.]

[다음 관문이 진행됩니다.]

신희현은 루시아를 소환했다.

"루시아."

"네."

"전부 부숴 버려."

루시아가 바주카포를 꺼내 들었다.

연사는 불가능하지만 가장 강력한 한 방을 자랑하는 공격이다.

'저런 석상들은 남겨놔서 좋을 게 없으니까.'

저런 석상들은 있어서 좋을 게 없다. 저런 형태의 석상들은 석상일 때에 부숴 버리는 게 가장 이득이다.

물론 아닌 경우도 있다. 그냥 장식일 경우도 있고, 어떤 단서가 숨겨져 있는 경우도 있다.

하지만 지금은 아니었다.

확실했다.

'이제야 던전이 본격적으로 시작되는 느낌이네.'

신희현의 감각에 뭔가 잡혔다. 냄새가 느껴졌다.

'썩은 내.'

이 냄새, 익숙한 냄새다.

전투를 준비했다.

낌새를 알아차린 엘렌이 영체화 상태에 접어들었다.

"신희현 플레이어?"

"이 냄새."

시체가 썩어가는 것 같은 냄새.

그리고 그와 더불어 느껴지는 강력한 알코올 냄새.

그리고 특유의 이 냄새.

"이걸 방부제 냄새라고 부르거든."

"방부제 냄새…… 말입니까?"

신희현이 초감각을 활성화시켰다.

'일단은 루시아 한 명으로 가는 게 좋겠어.'

냄새가 점점 더 강력하게 느껴졌다. 눈에 보이지는 않았다. 하지만 이제 나타날 거다.

'키메라……!'

키메라가 나타날 거다. 그리고 조금씩 이 던전에 대한 윤곽이 잡혀갔다.

고대 유적에서는 황금 골렘이 나타났었다. 황금 골렘은 리치가 만든 산물이다.

고대 유적에서 황금 골렘이 나타났었는데, 고대 신전에서 리치가 나타난다고 해서 이상할 것은 없다.

'석상, 키메라.'

석상과 키메라.

리치들이 주로 다루던 것들이었다. 석상이 진화한 형태가 골렘이다. 생명체를 이상하게 조합하여 만들어낸 괴상한 생물체가 키메라고.

그래서 신희현은 석상부터 부숴 버린 거다.

석상을 움직이는 구동원이 어딘가 있기야 있겠지만, 완전히 부숴 버리면 그것을 다시 가동시키는 데 시간이 오래 걸릴 거다.

그사이 어떠한 공략법을 찾을 수 있을 거고.

"크에에에엑!"

목이 쉰 사람이 소리를 질러대는 것 같은 괴성이 들려왔다.

전체적으로는 뱀의 형태.

그런데 독수리의 발 같은 손이 달려 있고 뱀의 머리 대신

하마의 머리가 달려 있었다.

'하급 키메라, 헤르티.'

엘렌은 인상을 찡그렸다.

저렇게 기괴하게 생긴 몬스터는 처음 본다. 파트너들끼리 공유하는 데이터베이스에도 없다. 처음 보는 몬스터라는 소리다. 그리고 저 몬스터는 군데군데 상처가 보였다. 꿰맨 상처였다. 누군가 실로 강제로 붙여놓은 것처럼 말이다. 그곳에서는 녹색 피가 찔끔찔끔 흘러나오고 있었다.

신희현이 씨익 웃었다.

'석상이 나타났고 거기에 키메라가 나타났다.'

그렇다면 이 길의 끝에는 결국.

'리치가 있겠어.'

그렇다. 리치가 있을 것이다.

'루시아, 봉합한 상처를 위주로 공격한다.'

큰 기술은 필요 없었다. 그래 봤자 하급 키메라다. 약점만 노리면 쉽게 잡을 수 있다.

[스킬, 더블샷을 사용합니다.]

하급 키메라 헤르티.

그다음은 중급 키메라 페이튼.

그다음은 상급 키메라 케르카스.

[이름: 케르카스]

[레벨: 476]

초감각과 레벨 디텍터를 '개척 효과'를 가지고 조합하여 사용하면 몬스터의 대략적인 정보가 머릿속에 흘러들어 온다.

케르카스.

상당히 진화한 형태의 몬스터다. 심지어 레벨이 476.

'최후의 던전에 나타났던 놈과 비슷한 놈인가.'

당시 결사대 팀원들이 힘을 합쳐서 잡았던 기억이 있다.

'그런데 이 정도로 완벽한 케르카스가 있었던가?'

케르카스는 강력한 몬스터였다.

머리가 둘 달린 거대한 개의 형태로 한 개의 머리는 개, 다른 하나의 머리는 늑대의 모습을 하고 있으며 네 발로 움직이는 몬스터다. 거기에 원숭이 꼬리 같은 것이 4개나 달려 있었는데, 나무를 타거나 벽을 타고 이동하는 것에도 능한 몬스터였다.

'가장 성가신 건 입에서 불을 뿜는 건데.'

강력한 화염계 공격이었었다. 그런데 놈들은 완벽하지 않았었다. 어딘가 하자가 있어서 피를 잔뜩 흘렸었다.

과거, 최후의 결사대의 인원들은 차륜전을 펼치면서 놈들이 스스로 자멸하기를 기다렸었다.

'그런데 어디에도 상처가 보이지 않는다.'

확실히.

'쉽게 쉽게 갈 수는 없다는 소리인가?'

한 마리라면 쉽게 상대할 수도 있다.

놈이 아무리 강하다 하더라도 놈의 레벨은 476. 신희현의 레벨은 500이다. 24의 차이는 결코 적은 차이가 아니다.

다만.

"크르르르!"

"크르르르!"

일 대 다수의 싸움일 경우에는 얘기가 조금 달랐다.

"정말 죽을지도 모르겠어. 난이도가 너무 극악한걸."

영체화 상태의 엘렌은 뭔가 이상함을 느꼈다.

원래 신희현은 저런 말을 잘 하지 않는다. 아까도 이렇게 말했었다.

"어쩌면 이곳을 빠져나가지 못할 것 같다는 생각도 들어."

신희현 플레이어가 저런 말을 하다니. 불가능한 일이라도 그것을 결국에는 해내고야 마는 플레이어인데.

어째서 저렇게 약한 말을 하는 건지 이해할 수 없었다.

'뭔가…… 이상하다.'

엘렌은 분명히 느꼈다. 묘한 기시감이 있었다.

지금 이 상황 자체는 위험한 상황이다. 레벨 500에 근접한 상급 키메라 약 7마리가 주변을 둘러싸고 점점 다가오고 있는 상황이었으니까.

'신희현 플레이어는…….'

그런데 신희현이 묘하게 안정이 되어 보였다.

그동안 신희현이 사기 치는 것(?)을 오랫동안 봐왔었다. 그래서인지는 모르겠는데, 지금 신희현이 뭔가 사기를 치고 있는 것 같은 기분이 들었다.

그럴 리 없는데 지금의 이 상황을 신희현이 유도하고 있는 상황 같다는 기분도 들었다.

그런데 상황 자체는 좋지 못했다. 그러니까 지금 이해를 할 수 없는 거다.

상황은 분명 안 좋다.

'신희현 플레이어 역시 긴장하고 있는 것은 확실하다.'

어떻게 하려고 지금 저러고 있는 건지 알 수 없었다.

소환 영령 역시 루시아 한 명만 소환한 상태.

최소한 마틴은 소환을 해야 하는 게 아닐까 싶었는데 그것도 아니었다.

신희현이 또 평소에는 하지 않는 비장한(?) 말을 했다.

"그래, 내가 죽나 니들이 죽나 해보자."

그때, 케르카스 한 마리가 빠르게 달려들어 신희현의 어깨를 물었다.

엘렌이 당황하여 소리쳤다.

"시, 신희현 플레이어!"

신희현은 다른 소환 영령은 소환하지 않은 상태로 싸웠다.

탕! 탕!

루시아가 열심히 발포했지만 놈들을 전부 잡아두는 것은 불가능했다.

일단 놈들의 레벨이 400대 후반.

물론 신희현보다 레벨이 낮기는 하지만 그래도 만만한 놈들은 아니었다.

교감을 통해 루시아의 다급한 마음이 전해졌다.

'마틴이 필요합니다, 오빠.'

'기다려.'

신희현은 이해할 수 없는 방식으로 싸웠다.

그 스스로 단도를 들었다. 그리고 전투에 참여했다.

루시아는 이해할 수 없었다.

'오빠, 오빠는 전투 클래스가 아닙니다!'

'나도 알아.'

길잡이는 비전투 클래스다.

레벨이 더 높다고는 해도 비전투 클래스가 직접 칼을 들고 싸운다니. 레벨이 100쯤 차이 나는 것도 아니고. 끽해야 20

정도밖에 차이 나지 않지 않는가.

이러한 순간에도 루시아는 굳이 '오빠'라는 호칭을 놓지 않았다.

'오빠!'

루시아가 서둘러 권총을 발포했으나.

"큭……!"

한 놈이 신희현의 어깨를 물어뜯는 것을 막지 못했다.

신희현의 어깨가 피로 물들었다.

'이거…… 생각보다 꽤 아프네.'

오랜만에 느껴본다. 이런 고통.

어깨가 박살 나는 것 같은 느낌이 들었다. 놈의 턱 힘이 워낙에 강력해서 그랬다.

'내 체력이 어느 정도 되는 거지.'

이건 감이다.

아직까지 내구력 시스템은 물론이고 H/P와 M/P 시스템도 활성화되지 않았다. 그래서 지금은 감으로 싸우는 수밖에 없다.

아탄티아 던전에 다가가면 다가갈수록 H/P와 M/P 시스템이 활성화되기는 하겠지만 아직은 아니었다.

'이 정도 고통에…… 이 정도 손상이면…….'

그래도 그에게는 지난 10년의 경험이 있다.

대략적으로나마 어느 정도 공격을 당해야 죽는지, 아이템이 파괴되는지 정도는 알고 있다.

'오케이. 버틸 수 있겠어.'

루시아가 흥분했다.

"죽여 버리겠다!"

[스킬, 인피니티 샷을 사용합니다.]

탕! 탕! 탕! 탕! 탕!

총성이 쉴 새 없이 터져 나왔다.

신희현의 어깨를 물어뜯은 놈의 미간을 향해서 총알 세례가 쏟아졌다.

하지만 그것도 오래가지는 못했다.

다른 놈 한 마리가 루시아를 공격했고 루시아는 어쩔 수 없이 몸을 옆으로 굴리며 놈의 공격을 피해냈다.

'루시아, 흥분하지 마.'

'하지만……!'

'최대한 침착해. 놈을 기다려야 하니까.'

신희현 역시 옆으로 몸을 굴렸다.

오른쪽 어깨를 제대로 쓰지 못해서 굉장히 불편했다.

그리고 굳이 육성으로 말했다.

"젠장. 너무 강하군. 나는 여기서 죽는 건가."

루시아는 여전히 이해할 수 없었다.

그런 와중에도.

[8콤보]
[9콤보]
[10콤보]

꾸준히 콤보를 달성했다.

그런데 신희현이 이상한 명령을 내렸다.

'그만.'

조금만 더 공격하면 한 마리를 죽일 수 있을 것 같은데 신희현이 정지 명령을 내렸다.

'조금만 더 공격하면 죽일 수 있습니다.'

'죽이면 곤란해.'

그사이 또 다른 케르카스가 신희현을 향해 앞발을 휘둘렀다.

미리부터 공격을 감지하고 있던 신희현이 머리를 살짝 숙였다.

앞발이 머리카락을 스쳤다.

엘렌은 등골이 오싹해졌다.

'저것을 머리에 맞았다면…….'

그랬다면 크리티컬 샷이 떴을 수도 있다.

길잡이인 신희현은 저 공격에 죽을 수도 있고 스턴 상태에 빠질 수도 있다.

저 상태에서 스턴에 빠진다?

그건 곧 죽는다는 얘기다.

'왜 저러고 계신 거지…….'

저렇게 행동하는 것에는 분명히 이유가 있을 것이라 생각하지만 그래도 그녀는 무서웠다.

그때, 케르카스들이 움직임을 멈췄다.

목소리가 들려왔다.

"크크크! 네놈의 재롱은 아주 잘 보았다."

아까 신희현이 부숴 버린 석상들 사이로 검은 로브를 뒤집어쓴 뭔가가 나타났다. 사람의 형태였다.

로브 모자 안으로 얼굴이 제대로 보이지 않았다.

키는 약 2미터 정도.

신희현이 거친 숨을 몰아쉬었다.

"너, 너는…… 뭐냐?"

속으로 생각했다.

뭐긴 뭐야, 리치지. 과거 플레이어들을 공포로 몰아넣었던 몬스터. 골렘의 제작자로 알려져 있는 몬스터.

[스킬, 초감각을 사용합니다.]

[레벨 디텍터를 사용합니다.]
[상위 레벨의 몬스터입니다.]
[원칙적으로 레벨을 확인할 수 없습니다.]

신희현은 씨익 웃었다.
원칙적으로는 불가능하다.
이러한 알림이 들려온다는 것은.

[룰 브레이커를 확인합니다.]
[스킬, 룰 브레이킹을 확인합니다.]

즉, 이 두 가지를 통해 정복이 가능한 수준의 상위 레벨 몬
스터라는 소리다.

[레벨: 522]
[이름: 데스 리치]

언제나 그렇듯 놈의 정보가 머릿속으로 흘러들어 왔다.
'현재 나이가 720세?'
하기야 놈들에게 나이는 의미가 없다. 아마 저런 모습으로
700년을 넘게 살았다는 설정일 것이다.
신희현은 그런 설정에 크게 의미를 두지는 않았다.

그보다는 현재 놈의 상태에 더 집중했다.

[현재 상태: '거만한', '우쭐한', '자존심 강한']

신희현이 씨익 웃었다.

'됐다.'

이제 놈은 불리한 상황이 닥치더라도 절대 도망치지 않을 것이다. 일단 모습을 드러내면 도망을 치지 않는 놈으로 유명했으니까.

"감히 미천한 네놈 따위가 내 소중한 아가들을 부숴?"

케르카스들이 일제히 바닥에 바짝 엎드렸다.

데스 리치가 공중에 떴다.

케르카스 하나의 머리를 슥슥 쓰다듬었다.

"오구오구, 내 새끼. 잘 싸웠다. 이제는 이 아빠가 다 알아서 해주마."

신희현은 주위를 둘러봤다.

부숴 버린 석상들 역시 놈의 전력 중 하나였던 것이 틀림없었다.

'미리 부숴놓길 잘했네.'

그리고 한 가지 사실을 캐치했다.

'현재 놈은 보스 몬스터 보정을 받고 있지 않은 상태다.'

보스 몬스터 보정을 받고 있다면 일대일로 상대하기 어려울 수도 있다.

하지만 꼭 그런 것만도 아니다. 룰 브레이커와 룰 브레이킹의 도움을 받아 놈을 상대할 수 있을 것이다.

엘렌은 불안했다.

정확하게는 알 수 없지만 신희현의 태도로 보아, 저 몬스터의 레벨은 결코 낮지 않을 것이 틀림없었다.

만에 하나 신희현이 커버할 수 없는 레벨의 몬스터라면?

레벨 절대 룰이 적용되어 공격조차 할 수 없을 거다.

데스 리치가 말했다.

"죽을 준비는 되어 있겠지? 네놈은 제법 훌륭한 실험의 재료로 쓸 수 있겠구나."

"이 괴물들은 네놈이 만든 거냐?"

"이 사랑스러운 아가들을 괴물이라고 하는 거냐?"

데스 리치는 낄낄대며 웃었다.

"네놈 역시 사랑스러운 아가로 만들어주마."

"사랑스러운 아가란 놈이 더 있는 거냐?"

"물론이지. 내 사랑스러운 아가 군단에 속하게 되는 것을 영광으로 생각하거라, 하찮은 미물아."

신희현은 내심 안도의 한숨을 내쉬었다.

데스 리치는 자존심이 강함과 동시에 겁이 많다. 여기서 겁이 많다는 것은 처음에 모습을 드러내지 않는다는 거다.

자신이 상대를 제압할 수 있을 자신이 있을 때에만 모습을 드러내는 것으로 유명했다.

키메라 군단, 석상 군단들을 먼저 내보내 플레이어를 지치게 만들고 마지막에 나타나는 형태.

루시아가 신희현의 옆에 섰다.

엘렌과 다르게 루시아는 신희현의 생각을 어느 정도 읽었다.

'일부러 유도하신 거다.'

확실했다.

신희현이 말했다.

"난 지금 당신의 위대한 군단을 보고 싶은데?"

"조금 있다가 보게 될 것이다. 너는 막내가 될 것이야."

"그렇다면 지금은 볼 수 없다는 건가?"

"그렇지."

데스 리치는 일단 모습을 드러내면 군단을 더 이상 소환하지 않는다.

그러니까 다시 말해 신희현이 약한 모습을 보인 것은 더 이상의 몬스터가 나타나지 않도록 하기 위함이었다.

'됐어.'

게다가 지금 데스 리치의 입으로 '지금은 볼 수 없다'고 말했다.

겁이 많은 주제에 자존심은 굉장히 강해서 자신의 말은 지키는 편이다.

'지금 나타나 있는 저 케르카스들과 데스 리치만 상대하면

된다.'

게다가 데스 리치는 지금 매우 방심하고 있는 상태.

고작 케르카스 몇 마리에 이 지경이 됐다.

그의 어깨는 피투성이.

겉모습만 보면 당장에라도 숨이 넘어갈 듯 지쳐 보였다.

'몸 상태도 양호하고, 체력도 멀쩡하고.'

그는 최대한 움직임을 아꼈었다.

혹시 몰라 체력을 비축하고 있었다.

그가 그랬던 이유는 체력 안배도 있지만 또 다른 이유도 있었다.

데스 리치가 아주 여유롭게 천천히 앞으로 걸어왔다.

"케르카스, 우리 아가들. 너희들은 쉬고 있으려무나. 이 아빠가 저놈을 잡아올게."

케르카스들을 죽이거나 너무 뛰어난 움직임을 보이면 놈들은 화염계 공격을 발사한다.

그 공격은 길잡이인 신희현에게 굉장히 위험하다. 크리티컬 샷 확률도 매우 높다.

그 공격이 나오지 않도록 하는 것이 중요했다. 그래서 어깨를 내어주면서까지 공격을 허용했던 거다. 만만한 상대로 보이기 위해서.

'놈이 직접 케르카스에게 쉬고 있으라고 명령했다.'

일이 점점 더 좋게 풀려갔다.

'루시아, 역소환.'

루시아를 역소환했다.

그렇다면 이제 남은 것은.

'소환사의 비술.'

아까 보상으로 얻었던 소환사의 비술을 사용하여.

'피닉스 소환.'

피닉스를 소환해 내는 것이었다.

소환사의 비술 덕택에 마력이 빠져나가는 느낌을 받지 않았다.

엘렌은 신희현이 씨익 웃고 있는 것을 발견했다.

뭔가 그가 그리던 그림이 제대로 그려지고 있는 것 같다는 기분이 들었다.

신희현이 천천히 걸어오고 있는 데스 리치를 쳐다봤다.

'좋다.'

번쩍!

빛과 함께 피닉스가 모습을 드러냈다.

과거 신희현은 '라이토'와 상대할 때 얻었던 정보가 있다.

라이토의 속성은 '빛'이었다.

그리고 그 속성은 리치에게 상극이라 했다.

이 시스템에는 '상성'이라는 것이 존재한다.

쉬운 예로 물과 불의 관계를 들 수 있다.

물과 불은 서로에게 상극이다.

그래도 좀 더 유리한 쪽은 물이다. 같은 세기의 물과 불이 부딪치면 물이 이긴다.

만약 물이 가진 차가움보다 불이 가진 뜨거움이 더 강하면 불이 이긴다.

물과 불은 서로에게 '나쁜' 상성을 가지고 있다.

그에 반해 '바람'과 '불'은 서로에게 '좋은' 상성을 가지고 있다.

강민영이 불의 마법을 사용할 때 신희현이 에이드 커튼 등을 활용하여 그 위력을 증폭시키는 것과 비슷한 원리다.

'피닉스는…….'

그런데 피닉스는 데스 리치에 대해 상성을 가진 게 아니라, '상극'이다.

피닉스 역시 '빛' 속성을 가지고 있기 때문이다.

'빛 속성이지.'

나쁜 상성은 서로에게 영향을 끼치는 상성을 말한다.

물과 불처럼 말이다.

그런데 상극은 아니다.

상극이라 함은 서로에게 천적이 되는 속성이라는 소리다.

라이토의 속성이었던 '빛'은 데스 리치에게 상극이다.

레벨 절대 룰에서 벗어나 공격을 할 수만 있다면, 약한 빛으로도 데스 리치에게 커다란 상해를 입힐 수 있다.

신희현이 말했다.

"자신만만했겠지."

데스 리치의 모자가 벗겨졌다.

신희현은 발견할 수 있었다. 인간의 형태와 닮기는 했지만 완전한 인간 같지는 않은 두개골을 말이다.

살은 없었다. 해골이었다.

붉은색 안광을 뿜어내고 있는 해골.

"원래대로라면……."

데스 리치를 죽이려면 '심장'을 파괴해야 했다.

겁쟁이인 데스 리치는 그 심장을 자신의 몸이 아닌 다른 어딘가에 숨겨놓고 다닌다.

"심장을 파괴할 수 없을 테니까."

데스 리치의 눈에서 붉은색 안광이 더욱 크게 뿜어져 나왔다.

데스 리치는 당황한 것처럼 보였다.

"이, 이놈……! 그것을 어떻게!"

원래대로라면 심장을 파괴해야만 데스 리치를 죽일 수 있다. 완벽하게 죽이려면 그 방법밖에 없다.

신희현도 그것을 잘 알고 있다.

알림음이 들려왔다.

[스킬, 빛 폭풍을 사용합니다.]

피닉스가 하늘로 날아올랐다.

번쩍!

빛이 뿜어졌다.

과거, 대구를 집어삼켰던 피닉스의 빛 폭풍이 주위를 휩쓸었다.

크아아아악!

비명이 터져 나왔다.

4장
저는 지금 큰 도움이 되었습니까?

리치와 같은 재생 형태의 몬스터를 상대할 때에는 몬스터에게 생명력을 공급하는 무언가를 없애 버리는 것이 가장 효율적인 방법이다.

크아아아악!

데스 리치가 비명을 질러댔다.

엘렌도 눈을 감았다. 눈이 부셨다.

'무슨 일이 벌어지고 있는 거야?'

조금씩 눈을 떴다.

데스 리치는 보이지 않았다. 레벨 500이 넘는 몬스터가 어디론가 사라져 버리고 말았다.

엘렌이 물었다.

"어떻게 된 겁니까?"

"놈들은 빛 속성 공격에 아주 취약하거든. 레벨 룰에서 벗어나 공격만 할 수 있다면 말이야."

"……그것은 혹시 라이토를 상대하면서 얻은 정보입니까?"

"이 정도는 누구나 다 아는 거지."

그걸 어떤 누가 다 아는 겁니까.

엘렌은 묻고 싶었다.

하지만 파트너의 본분에 충실하기로 했다.

"그렇다면 리치는 죽은 것입니까?"

"아니, 놈을 완전히 죽이려면 심장을 파괴해야 돼. 놈들은 어딘가 찾기 힘든 곳에다 심장을 숨겨놓거든."

엘렌은 여전히 무표정.

그러나 신희현은 알 수 있었다. 엘렌은 지금 굉장히 걱정하고 있는 상태다.

신희현이 어깨를 으쓱했다.

"걱정 마. 이렇게 완전히 가루가 되어버린 경우에는 재생하는 데 시간이 굉장히 오래 걸려."

"얼마나 걸립니까?"

대충 한 3분? 5분?

아니, 그건 너무 짧은가.

엘렌은 진지하게 생각했다.

'20분 정도만 시간을 벌어도…….'

신희현의 목소리가 들려왔다.

"뭐, 다 다르긴 한데."

엘렌은 여전히 혼자 생각했다.

'만에 하나 30분 정도만 시간을 번다 해도…… 그사이 심장을 찾는다면 굉장히 유리하다.'

신희현이 황당한 말을 했다.

"짧으면 3일."

"……예?"

"길면 1주일 정도? 이 정도로 완전히 가루가 되어버린 건 또 처음 보네."

피닉스의 능력을 온전히 이끌어 낼 수 있었다. 소환사의 비술이 있었기 때문이다.

교감을 통해 피닉스의 목소리가 들려왔다.

'1주일? 이 몸을 겨우 그 정도로밖에 안 보다니. 실망이다, 주인. 아마도 한 달은 요양해야 할 거야. 어디서 저런 허접한 리치를 가지고…….'

'허접한 리치?'

신희현이 알기로 리치는 한 종류다.

데스 리치.

물론 속성은 존재한다.

어떤 리치는 불 속성, 어떤 리치는 물 속성의 마법을 구사한다.

속성은 존재하되 다른 리치는 본 적이 없다.

'응? 주인, 몰라? 저놈은 허접 리치잖아.'

'……무슨 뜻이야?'

'저렇게 해골바가지 말고. 진짜 리치 놈은 나도 상대하기 힘들어. 이렇게 한 방에 보내지도 못할 거고.'

신희현은 이해할 수 없었다.

최후의 던전에 도착할 때까지도 신희현은 해골이 아닌 리치를 본 적이 없다.

신희현은 걸음을 옮겼다.

'사람의 형태를 가진 리치도 있다는 뜻인가.'

피닉스의 말을 들어보면 그럴 확률이 높았다.

하지만 그는 최후의 던전에 다다를 때까지도 다른 종류의 리치는 발견하지 못했다.

그렇다면 과거에는 없었던 몬스터라 나타나지 않았던 것인가, 그도 아니면 자신이 그 몬스터의 존재에 대해 모르고 있던 것인가.

그건 알 수 없었다.

신전 내를 탐색했다. 안쪽으로 깊숙이 들어갔다. 방해물도 없었고 함정도 없었다.

엘렌이 뭔가를 발견했다.

"신희현 플레이어."

허공에 문이 하나 둥둥 떠 있었다.

황금빛으로 빛나고 있는 저 문은 마치 다음 관문이 여기 있다고 말해주는 것 같았다.

신희현은 지체하지 않았다.

문 앞에 섰다.

알림이 들려왔다.

['선택의 기로'로 이동합니다.]

신희현은 앞을 쳐다봤다.

'이건…….'

문을 지나자 검은색 공간이 나타났다.

주변은 어두웠다. 심지어 뒤에 있을 것이 분명한 엘렌도 보이지 않았다.

그런데 아이러니하게도 4개의 길은 아주 환하게 보였다.

공간 자체는 어두운데, 4개의 환한 길.

각각 독립된 길이었고 그 길의 끝에는 풍경이 펼쳐져 있었다.

풍경 자체는 그렇게 크지 않았다. 사진이 들어 있는 액자 같았다.

엘렌이 말했다.

"액자식 풍경입니다."

"그래."

겉보기로는 액자이지만, 실제로 플레이어가 느끼기에는 거대한 풍경이다.

액자를 쳐다보는 순간, 그 풍경이 눈앞에 펼쳐진다. 굉장히 넓은 풍경이 말이다.

신희현은 피식 웃었다.

'선택의 기로라.'

선택을 하는 곳이다.

쉬웠다. 이런 것쯤. 최후의 던전까지도 길잡이를 했던 몸 아닌가.

몬스터를 상대하는 것보다 오히려 이쪽이 더 적성에 맞았다.

엘렌 역시도 신희현이 보이지 않았다.

길과 풍경 외에는 아무것도 보이지 않았으니까.

만약 신희현이 엘렌의 표정을 봤다면 두고두고 놀렸을 것이다.

평소에는 무표정을 유지하지만, 자신의 표정이 들키지 않을 거란 확신이 있자 놀라움을 얼굴에 드러냈다.

'그래서 사진을 미리 찍어둔 것입니까……?'

아까는 왜 사진을 찍는지 몰랐었다. 하지만 이제는 이유를 알 것 같다. 아니, 이제는 안다.

네 개의 풍경은 1차 관문, '갈대밭'이었다.

갈대밭의 모습이야 당연히 거기서 거기다.

끝없이 펼쳐져 있는 갈대들.

"기준점은 색깔이 달라지는 곳."

신희현이 맨 처음 서 있던 곳 기준으로 좌우의 색깔이 달랐었다.

왼쪽은 갈색.

오른쪽은 초록색.

알림이 들려왔다.

[선택의 시간은 30초가 주어집니다.]

[옳은 선택을 했을 시 '심장의 방'으로 이동합니다.]

시간이 줄어들었다.

[29초]

[28초]

신희현이 길들을 유심히 쳐다봤다.

"이 길들은 좌우가 바뀌었어."

사진과 비교했다.

시간이 넉넉한 편은 아니었다.

두 개의 길을 후보에서 제외시켰다.

이제 두 개가 남았다.

거의 똑같은 풍경.

엘렌에게도 알림이 공유됐다.

[12초]

[11초]

[10초]

엘렌은 지금 신희현이 들고 있는 사진이 보이지 않는다.

길 외에는 아무것도 보이지 않으니까.

그녀는 길들 끝에 있는 풍경을 열심히 관찰했다.

'시간이 없습니다.'

그녀가 보기에는 모든 길이 다 똑같아 보였다.

뭐가 다른 건지 구분할 수 없었다. 그건 신희현이 보기에도 마찬가지였다.

두 가지 풍경.

뭐가 다른지 구분할 수 없었다.

'좀 더 자세히 볼 수 없나?'

그의 생각을 느끼기라도 했는지, 풍경이 가까이 다가오는 착각이 들었다.

마치 그 풍경 속에 들어와 있는 것 같았다. 그와 동시에 신희현이 뭔가를 떠올렸다.

"눈부심."

기억이 났다.

"처음에 눈이 부셨어."

그랬다.

손으로 햇빛을 가렸던 게 기억이 났다.

그의 기준으로 앞쪽에 태양이 있었다는 것을 의미한다.

'내가 처음 입장했을 때. 내 눈앞에 밝은 빛이 있었다.'

[5초]

[4초]

신희현이 걸음을 옮겼다.

'저기다.'

모든 것이 똑같은데, 한 곳만 눈이 부셨다.

[3초]

[2초]

[1초]

그리고 길 끝.

풍경에 팔이 닿았다.

알림이 들려왔다.

[축하합니다!]

[옳은 선택을 하였습니다!]

['심장의 방'으로 이동할 자격을 얻었습니다.]

풍경이 다시 바뀌었다.

다시 신전.

아까와는 모양이 달랐다.

아까는 분명 모든 석상을 부숴 버렸었고 난장판이었었다. 그러나 지금은 말끔한 신전이었다.

대리석 바닥이 번쩍거렸다.

"이곳 어디에 심장의 방이란 게 있는 거겠지."

엘렌은 잠자코 신희현의 뒤를 따랐다.

신전 내에 어떠한 방이 존재하고 있는 것 같았다. 찾는 것 자체는 그리 어렵지 않았다. 문이 하나 보였으니까.

신희현은 문을 열었다. 직사각형 형태의 방이 보였다.

그리고 뭔가가 보였다.

그 뭔가는 바로 리치의 심장이라 짐작되는 붉은색 보석이었다.

반짝반짝 빛이 나는 그것.

신희현의 기억 속에도 있는 것이었다. 저것을 깨뜨리면 리치는 다시는 살아날 수 없다.

'너무 쉽다.'

이렇게 쉬울 리 없다.

'히든 던전'들은 정석적인 방법대로라면 클리어가 불가능한 던전들로 구성되어 있었다.

다른 히든 던전들이 있을지도 모르겠다만, 적어도 '고대'라는 글자가 붙은 던전들은 그랬었다.

'이렇게 쉬울 리 없어.'

그리고 다른 사실 하나를 떠올렸다.

'리치의 레벨은 500이 넘는다.'

일단 지금의 상태로 플레이어는 500레벨을 초과할 수 없다.

그런데 몬스터인 리치는 500레벨을 초과했다.

그럼에도 불구하고 리치는 보스 몬스터 보정을 받지 않았다.

'보스 몬스터가 따로 있는 건가.'

아니면 어떠한 다른 단계를 거쳐서 클리어를 하는 것인가.

'아직 시간적 여유는 많아.'

지금 당장 리치의 심장을 부수면 어떤 단계가 진행될지 모른다.

어쩌면 보스 몬스터가 나타날 수도 있다.

리치보다도 더 강력한.

리치의 레벨이 520대였다. 그보다 더 강력한 몬스터가 나오면 손도 쓸 수 없게 될지도 모른다.

현재 신희현의 레벨이 500이니까.

엘렌이 질문했다.

"이번에는 부수지 않는 것입니까?"

"어, 시간이 많으니 좀 더 알아보는 게 좋겠어."

신희현이 한마디를 덧붙였다.

"엘렌."

"네."

"이게 바로 리치의 심장이거든."

"짐작은 하고 있었습니다."

그런데 갑자기 그건 왜?

엘렌이 궁금해할 무렵 신희현이 본론을 꺼냈다.

"이건 인벤토리 귀속이 안 되는 아이템이야."

아!

엘렌의 날개가 활짝 펴졌다.

"제가 수거하겠습니다."

네 장의 날개를 활짝 펴고 아이템 배낭을 앞에 멘 엘렌이.

'누구보다 빠르게.'

누구보다 신속하게.

"아이템 수거, 완료하였습니다."

아이템을 수거했다.

그녀는 자신의 존재 의의를 다시 한번 확인했다.

조심스레 물었다.

"저는 지금 큰 도움이 되었습니까?"

신희현은 3일 동안 신전 안을 돌았다.

아무래도 다음 관문으로 진행되는 형식은 아닌 것 같았다.

이런 경우 보스 몬스터가 있을 확률이 매우 높다.

그동안 체력이 되는대로 피닉스를 소환해서 '리치'에 대한 정보를 들었다.

어쩌면 이곳에는 더 상위급의 리치가 있을지도 모를 일이다.

리치는 해골 형태의 리치인 하급 리치와 사람 형태의 리치인 상급 리치로 나뉜다고 했다.

그 중간 형태들도 있다고는 하는데, 어쨌거나 사람의 형상을 벗어나지는 않는다고 했다.

그리고 새로운 사실도 알아낼 수 있었다.

'플래티넘 골렘을…… 그 리치가 만든 것이었었나.'

최후의 던전에서 발견되었고 그 누구도 사냥하지 못했던 플래티넘 골렘.

심지어 그 강력했던 강유석조차도 몇 번인가 상대하다가 후퇴했었던 몬스터.

"플래티넘 골렘을...... 리치가 만들었다고?"

"그래, 아주 골치 아픈 놈이지. 도대체 공격이 먹히지도 않고, 심장을 몸속에 갖고 있어서 부수기도 어렵고. 그 왜, 상급 리치 놈들끼리도 플래티넘 골렘을 만들지 않겠다는 조약을 맺었다고 들었어. 너무 강력한 놈들이라 제어가 제대로 안 됐다나 뭐라나."

뭔가 머리가 아파오는 기분이 들었다. 그냥 설정이라고 치고 무시하고 넘어가기에는 찝찝했다.

'처음에는 황금 골렘.'

그다음은.

'맘모스 헌터.'

던전 클리어 당시, 당연히 잡지 못할 몬스터들이었다.

그렇게 따지면 그다음은.

'설마 플래티넘 골렘이 나오는 건 아니겠지.'

설마.

아닐 거라고 생각했다.

다시 3일이 흘렀다.

여전히 발견한 것은 아무것도 없었다.

'결국 리치 놈을 죽여야 다음 관문이 진행되는 건가?'

그럴 수도 있고 아닐 수도 있다. 하지만 지금은 단서가 없었다.

'부숴야 하나?'

엘렌에게 놈의 심장을 꺼내 달라 말했다.

"여기 있습니다."

그런데 뭔가 조금 이상했다.

색깔이 달랐다. 원래 이것은 붉은색이었다. 그런데 지금은 파란색이었다.

'색깔이 다르다.'

심장을 들고 여기저기 움직여 봤다.

특정한 구역에서 그 심장이 파란빛으로 변했다.

결국 신희현은 뭔가를 눈치챘다.

"이곳, 여기 근처에 뭔가가 있다."

그리고 결국 알아냈다.

"답은 석상이었어."

원래대로 복구되어 있던 석상.

그 석상들은 콧구멍이라 짐작되는 곳이 움푹 다 파여 있었다.

모두가 그렇게 생겨서 크게 신경 쓰지 않았었는데 이 콧구멍이 하나의 열쇠 구멍인 것 같았다.

이 심장이 열쇠였고.

'가장 밝은 파란빛으로 빛나는 이곳.'

이곳의 석상의 콧구멍.

'여기다.'

그곳에 심장을 꽂아 넣었다.

변화가 일어났다.

쿠구궁!

땅이 울렸다. 신전 자체가 부르르 떠는 것 같았다.

[강력한 마력의 흐름이 탐지됩니다.]

머리가 아파왔다. 뭔가 강력한 영향력을 가진 무언가가 머리를 꽉꽉 누르고 있는 것 같은 기분이 들었다.

[불굴의 의지+7이 저항합니다.]
[일부 저항에 성공하였습니다.]

머리도 아파왔고 몸도 저렸다.

신희현은 그 이유를 알 수 있었다.

뭔가가 저만치 앞에 있었다.

"저건……."

5장
신의 사제 아발론

거대한 힘이 느껴졌다.

머리가 아파올 정도의 압력.

'이건…….'

이건 어쩌면.

'플래티넘 골렘의 핵인가?'

그는 플래티넘 골렘의 핵을 직접 본 적이 없다. 하지만 황금 골렘의 핵은 봤었다.

아주 저레벨일 때, 통상적인 방법으로는 절대 잡을 수 없는 황금 골렘을 잡았었다.

그렇다면 이번에도 같을까?

'황금 골렘의 핵과 비슷하게 생기기는 했다.'

비슷하게 생기기는 했는데, 크기가 훨씬 컸고 내재된 힘이 비교조차 되지 않았다.

'이걸 먼저 보여주는 건가.'

신희현은 이것이 플래티넘 골렘의 핵일 가능성이 높다고 생각했었다.

하지만 피닉스의 말이 떠올랐다.

'플래티넘 골렘의 핵은 몸 안에 있다고 했었지.'

그렇다면 이 어두운 방은 플래티넘 골렘의 신체 내부인가? 그렇지는 않을 것 같다.

"신희현 플레이어, 생각이 깊어 보입니다."

"……."

생각이 정리되지 않을 때에는 구체적인 언어를 통해, 육성으로 표현해 보는 것이 도움이 될 때가 많다.

신희현이 말했다.

"엘렌, 누가 봐도 커다란 약점이야. 그런데 그 약점을 이렇게 쉽게 노출할까? 너라면?"

"저라면 약점을 노출하지 않을 것입니다."

"역시 그렇겠지?"

"상식적인 선에서 말씀드리고 있는 것입니다."

어디까지나 상식적으로.

엘렌은 그걸 강조하고 싶었다.

왜냐하면 상식이 안 통하는 제일 대표적인 예가 바로 이 빛의 사기…… 아니, 빛의 성웅 아니었던가.

"상식적으로 약점 앞에 플레이어를 가져다 놓지는 않을 거란 말이야."

그런데 또 이게 함정일까? 라는 질문에도 대답할 수는 없었다.

"의도가 뭘까?"

여기에 뭔가 하나만 단서가 더 주어진다면 확실하게 선택을 할 수 있을 것 같은데 말이야.

예를 들어.

"이 핵을 빨리 부숴 버리라든가. 그런 알림음이 들려오면 좀 더 확실히 알 수 있을 것 같은데."

엘렌은 고개를 끄덕였다.

"그러면 확실히 편할……."

그때, 알림음이 들려왔다.

[플래티넘 골렘 각성 10초 전.]

신희현도 엘렌도 깜짝 놀랐다.

엘렌보다도 신희현이 더 많이 놀랐다.

맞았다. 이곳 고대 신전에는 플래티넘 골렘이 존재하고 있는 것이 틀림없었다.

"시, 신희현 플레이어. 플래티넘 골렘은……."

"알아. 내 능력으로는 잡을 수 없겠지."

신희현의 심장이 쿵쾅거렸다.

만에 하나 플래티넘 골렘이 제대로 깨어나기라도 한다면 그때는 신희현도 답이 없다.

새로운 공략법을 찾아내는 게 아니라면 절대로 놈을 잡지 못한다.

'역시. 알림이 이어졌어.'

[플래티넘 골렘 각성 3초 전.]

신희현은 움직이지 않았다.

[플래티넘 골렘 각성 2초 전.]

엘렌의 날개가 바들바들 떨렸다.

왜 신희현이 가만히 있는지 모르겠다.

하다못해 상급 간소화 주머니를 사용해서 저 핵을 넣은 다음, 인벤토리 안에 넣어도 되지 않겠는가.

그러면 플래티넘 골렘의 에너지 공급원이 끊겨 버린다.

황금 골렘도 그런 식으로 사냥했었다.

[플래티넘 골렘 각성 1초 전.]

신희현은 여전히 움직이지 않았다.

신희현이 입술을 깨물었다.

'어차피 길잡이는 선택하는 클래스다.'

모든 길을 앞서서 개척하고 선택하는 클래스.

가장 좋은 길이라 짐작되는 길을 찾는 클래스다.

그 길이 항상 정답일 수는 없지만, 그래도 정답에 가까운 길을 찾으려고 애쓴다.

지금도 마찬가지였다.

'어떻게 되는 거냐.'

플래티넘 골렘이 나타난다면 어떻게든 도망치는 게 맞았다.

자존심이고 뭐고 그런 건 중요하지 않다.

그리고 그때 알림이 이어졌다.

[플래티넘 골렘 각성 조건이 만족되지 않았습니다.]

신희현이 몸에서 힘을 풀었다.

잔뜩 긴장했었는데 다행히 생각했던 것이 맞았던 모양이었다.

네모난 방 한구석.

신희현은 벽에 등을 기대고 앉았다.

엘렌이 물었다.

"신희현 플레이어는 어째서 그런 선택을 한 겁니까?"

"상식적으로 생각한 거지."

상식적으로 약점을 눈앞에다가 떨어뜨려 놔주는 던전이 어디 있겠어. 심지어 난이도가 극악한 히든 던전인데.

"거기서 생각을 했던 거야."

"……."

"알림이 들려오더라고. 마치 각성시키지 않기 위해서는 빨리 심장을 처리하든 공격하든 어떻게 해야 한다고."

신희현은 속으로만 말했다.

옛날에 내가 알던 어떤 플레이어가 이렇게 말했었거든.

'젠장. 그걸 건드리지 말았어야 했는데'.

그때는 상황이 급박했다. 최후의 던전 안이었고 네 팀으로 나누어졌던 결사대 중 하나를 이끌던 김동재가 지나가는 말로 그렇게 말했었다.

자세한 얘기는 듣지 못했었다. 최후의 던전을 클리어하기 바빴었으니까. 그때는 쉴 시간도 없었다. 과장을 조금 보태서 호흡 하나하나가 중요했을 정도였다.

어쨌든 신희현은.

"1번 상식, 2번 경험, 3번 판단."

그렇게 결정을 내렸다.

"하필이면 거기서 알림이 들려왔거든. 마치 저걸 빨리 건드리라고 하는 것처럼 말이야."

"……거기서 함정이라고 판단하신 겁니까?"

"맞아."

"그런 상황에서 그런 판단을 내릴 수 있는 건…… 신희현 플레이어가 강심장이기 때문입니까?"

"글쎄."

운이 좋았던 것 같다.

"확실한 건……."

플래티넘 골렘이 나타났다면 아마도.

"나는 아마 여기서 죽었겠지."

폭군 강유석조차도 없애지 못했던 괴물이었으니까.

인정하기는 싫어도 지금의 자신은 그때의 강유석보다 약했다.

신희현이 피식 웃었다.

"엘렌, 너무 걱정하지 마. 길잡이가 목숨을 거는 거야 뭐 당연한 거 아니겠어?"

엘렌이 문득 정신을 차렸다.

몰랐는데 자신은 신희현을 계속해서 쳐나보고 있었던 것 같다.

그녀가 말했다.

"걱정하지 않았습니다."

마치 자신은 걱정하지 않았다고 강력하게 주장이라도 하듯 날개가 빠르게 접혔다.

신희현이 실실 웃고 있자 엘렌은 정색했다.

"진짜입니다. 저는 걱정 같은 건 모르는 천족입니다."

약 3시간이 흘렀다.

핵과 비슷하게 생긴 저것은 더 이상 어떤 특별한 반응을 보이지 않았다.

'충격을 가하거나 하면 발동이 되는 것 같다.'

그럴 가능성이 높았다.

그렇다면 충격을 가하면 안 된다.

그런데 또 언제까지 이렇게 있을 수는 없지 않은가.

'뭔가 내가 놓치고 있는 다른 단서가 있나.'

다른 무언가를 찾으려고 했다.

그러나 이 방 안에는 그 무엇도 없었다.

차라리 아까 석상의 콧구멍처럼 뭐라도 있으면 좋겠는데 이 방 안에는 아무것도 없었으니까.

'이런 경우는…….'

이런 경우가 아예 없지는 않다.

예전에도 경험했었다.

생존형 던전 혹은 얼라이브 던전이라고 불린다.

'어쩌면 얼라이브형일 가능성도 있지.'

생존의 조건이 어느 정도 되는지 얼마나 시간이 흘러야 하는지에 대한 정확한 통계는 없다.

던전마다 다르니까.

'일단 마음을 여유롭게 먹고.'

이러한 곳에서는 여유로운 마음을 가지는 것이 중요하다.

시간관념을 가지는 것도 중요하다.

밀폐되어 있는 공간.

이러한 곳에서 시간관념이 없으면 미치게 마련이다.

전자시계를 꺼내 들었다.

'규칙적인 생활을 하는 것도 중요하지.'

신희현은 간이용 칸막이 부스를 하나 꺼내 들었다.

이것 역시 길잡이용 아이템이다.

"화장실은 여기서 해결하도록 해."

"영체 상태일 때에는 배변을 하지 않습니다."

신희현이 키득키득 웃었다.

안다. 알면서 일부러 그런 거다.

"맨 처음 내가 절대 명령을 들먹거리면서 너한테 소변을 보라고 했던 것 기억나?"

"……예."

엘렌의 날개가 파르르 떨렸다. 그때의 수치스러운 기억은 아직도 뇌리에 강하게 남아 있다.

"그땐 정말 미친놈 같았지?"

"……아닙니다."

"솔직히 말해봐."

"……아닙니다."

네, 정말 미친놈 같았습니다.

라고 말하고 싶지만 그럴 수는 없었다. 그래도 파트너 아닌가.

"신희현 플레이어, 심심하십니까?"

"어, 여기서 아무래도 시간을 보내야 할 것 같은데. 혼자서 가만히 있으면 심심해 죽거든."

의외로 그건 굉장히 무서운 거다. 괜히 죄질이 무거운 죄수를 독방에 가두는 게 아니다.

"신희현 플레이어."

"어?"

"뭔가 변화가 감지되고 있지 않습니까?"

"맞아."

신희현이 씨익 웃었다.

다행히 대기하는 시간은 그리 길지 않았다.

벽면 한쪽이 일렁거렸다.

통로가 생겼다. 일정 시간을 기다리면 통로가 생기는 형태인 것 같았다.

'또 통로야?'

이 던전, 역시 쉽지 않다.

'제법 복잡한 던전이네.'

저 통로가 어디로 이어져 있는지는 모른다.

그래도 가기는 해야 했다. 언제까지고 여기서 죽치고 있을 수는 없으니까.

"아무것도 보이지 않습니다."

심지어 자신의 몸도 보이지 않았다. 모든 감각이 차단되어 있는 통로 같았다.

"방향을 잃을 가능성이 매우 높습니다."

이러한 곳에서 제대로 된 방향을 잡기란 매우 어렵다.

시각이 완전히 차단되었으니까.

[모든 아이템 사용이 불가한 지역입니다.]

[단, 고대 신전 내에서 취득한 아이템은 사용이 가능합니다.]

알람을 들은 뒤, 신희현은 아이템을 하나 꺼내 들었다.

"이건 사용이 가능하겠지?"

1차 관문에서 획득했었던 '빛이 나는 돌'이다.

태양의 돌보다는 훨씬 하급 아이템이지만 이러한 곳에서는 요긴하게 쓸 수 있을 듯했다.

시야만 확보가 되어도 훨씬 더 편할 테니까.

'그리고 더 좋은 건.'

길을 제대로 찾아가고 있다는 소리다.

던전을 클리어하는 방법은 여러 가지가 있을 수 있다.

만약 신희현이 지금보다 훨씬 강했다면 그냥 플래티넘 골렘과 싸웠어도 될 수도 있다.

하지만 그 수많은 방법 중에 던전에서 제시하는 '정석'에 가까운 방법이 있다.

정석을 제대로 따라가고 있는지 확인하는 방법 중 가장 좋은 방법이 바로 이거다.

전 단계의 관문을 통과하면서 얻은 아이템이 다음 단계의 관문에서 좋게 작용할 때.

이때 정석대로 가고 있다고 판단을 내린다.

'그런 의미에서 보자면.'

이 시스템 전체가 하나의 커다란 던전이라는 가정도 해볼 수 있다.

신희현 스스로는 그렇게 결론을 내렸다.

큰 줄기를 따라 끝으로 향하고 있는 던전 말이다.

이 길의 끝에는 최후의 던전과 HAN이 기다리고 있겠지.

길을 따라 걸었다.

빛이 나는 돌에서 뿜어지는 광량 자체는 적었다. 하지만 아주 약간의 시각만 확보되어도 길을 찾는 건 그리 어렵지 않다. 신희현이니까.

"엘렌, 눈 안 보이지?"

"네, 빛이 너무 희미합니다."

"내 허리 잡아. 로프도 사용 못 하니까. 꽉 잡고 따라와. 길 잃으면 답 없다."

"……네."

그렇게 이동했다.

1시간 정도 걸었다.

커다란 광장이 보였다. 광장의 벽면은 전부 대리석이었으며 바닥은 아마도 황금이라 짐작되는 물질로 도금이 되어 있었다.

주변이 번쩍번쩍했다. 천장은 제대로 보이지도 않았다. 높이가 수백 미터 이상은 되는 것 같았다.

신희현은 저만치 앞, 뭔가를 발견했다.

"저건……."

플래티넘 골렘이다.

지금 움직이고 있지는 않다. 동상이다.

거기서 3일이 흘렀다.

엘렌이 곤히 잠든 신희현을 쳐다봤다.

그리고 아주 조심스레, 마음속으로만 꼭꼭 참아왔던 말을 꺼냈다. 자고 있으니까.

"진짜 인간 맞습니까?"

인간이라면 이럴 수 없다.

시한폭탄보다도 더 무서운 플래티넘 골렘이 저만치 앞에 있는데, 비록 동상이라고는 해도 언제 움직일지 모르는 무서운 몬스터인데 어떻게 여기서 저렇게 잠을 잘 수 있단 말인가.

"물론 이론은 알고 있습니다."

잘 수 있을 때 자야 한다.

체력은 비축할 수 있을 때 하는 게 맞는 거다.

그건 어디까지나 이론이다. 아무리 그래도 어떻게 저렇게 잘 잘 수 있는가.

우연인지는 알 수 없지만, 신희현의 입꼬리가 올라갔다.

그리고 또 3일이 흘렀다.

이곳, 신희현이 혼자서 클리어를 진행하고 있는 히든 던전 고대 신전 내에서 발걸음 소리가 들려왔다.

엘렌의 눈으로 봤을 때, 곤히 자고 있을 거라 확신했던 신희현이 눈을 번쩍 떴다.

'누군가 걸어오고 있다.'

기척이 느껴진다.

'사람?'

플레이어인가.

발걸음 소리와 보폭 등을 통해 유추를 했다.

'사람일 확률이 매우 높다.'

누가?

히든 던전을 클리어하고 있는 또 누군가가 있는 것인가.

모르겠다.

그때, 목소리가 들려왔다.

"넌 누구냐?"

신희현은 그쪽을 쳐다봤다.

'사람이냐, 아니냐.'

알 수 없었다.

하지만 이윽고 알 수 있었다. 남자의 모습을 한 저것은 눈동자가 붉은색이었다.

'리치?'

해골 형태의 리치가 붉은색 안광을 뿜어내고 있었다면, 지금 나타난 이 남자는 붉은색 빛을 머금고 있는 것 같았다.

단순히 눈동자가 붉은 것과는 다른 개념이었다.

레벨 디텍터를 사용해 봤다.

[레벨: ???]

레벨을 알 수 없었다.

이런 경우는 두 가지다.

첫째, 룰 브레이커와 룰 브레이킹을 사용해도 범접할 수 없는 높은 레벨을 가졌거나 둘째, 자신의 레벨을 감출 수 있는 특별한 아이템이나 스킬을 가지고 있는 경우.

신희현은 확신할 수 있었다.

'나보다 훨씬 더 고레벨이다.'

긴장했다.

존재하는지조차 몰랐던 상급 리치.

붉은색 빛이 은은하게 새어 나오는 저 눈을 제외하면 사람과 거의 똑같았다. 사람이라고 해도 믿을 정도였다.

레벨 디텍팅은 실패했다.

'초감각.'

초감각을 사용했다.

[이름: ???]

[성향: ???]

[현재 상태: '온화', '반가움']

초감각을 사용해서 알 수 있는 정보는 굉장히 적었다.

그래도 아주 약간, 단서는 얻었다.

'온화하다.'

초감각이라는 건 단순히 '글자'로 표현되는 게 아니다. 머릿속으로 상대의 정보가 흘러들어 온다. 상대가 느끼고 있는 감정 상태를 공감하며 느낄 수 있도록 도와준다.

'반가……움……?'

확실하지 않았다.

'온화하고…… 반갑다.'

그런데 조금 이상한 감정도 느껴졌다.

'경계……?'

희미했다. 마치 물에 젖어버린 수채화 같았다. 정확하게 느껴지지 않았다.

'싸우면 내가 진다.'

이건 공략이고 뭐고 없다. 레벨 차를 극복할 수 있는 버그가 존재하지 않는 이상 무조건 진다.

신희현이 물었다.

"당신은…… 누구십니까?"

"내가 먼저 물었다. 너는 누구냐?"

"저는 신희현입니다. 클래스는 길잡이. 길을 개척하는 것이 목표인 사람입니다. 바른 길을 찾고자 항상 노력하고 있습니다."

이 말을 사용하게 될 줄이야.

이 말은 과거 길잡이들이 까탈스러운 NPC를 상대할 때에 사용하곤 했던 말이었다. 각 클래스에 따라 대사가 대충 정해져 있었다.

과거로 돌아온 뒤 이 말을 처음 해봤다.

"흠, 길잡이라."

남자가 가까이 걸어왔다.

신희현과 마주 보고 섰다.

"거대한 힘이 느껴진다."

"⋯⋯."

라이나를 느끼고 있는 것인가.

"너는 그 몸속에 무엇을 숨기고 있는 거지?"

"밝음의 여신. 라이나의 수호를 받고 있습니다."

남자는 잠시 신희현을 쳐다봤다.

엘렌은 긴장했다.

신희현이 저렇게 저자세를 보이는 건 처음 본다. 저 남자의 레벨이 훨씬 더 고레벨일 것이 틀림없었다.

사람과 의사소통이 가능한 몬스터. 아니, 지금에 이르러서는 저 남자가 몬스터인지조차 확실하지 않았다.

'신희현 플레이어.'

날개에 힘이 잔뜩 들어갔다.

어쩌면 신희현 이상으로 그녀는 긴장했다.

남자가 말했다.

"내 이름은 아발론 티아 프로시어스다. 세례명은 아발론. 신의 사제⋯⋯였었다."

신희현은 직감했다.

'이건 단순한 몬스터가 아니다.'

아니, 오히려 NPC에 훨씬 가까울 것이 틀림없었다.

몬스터인지 NPC인지 그건 알 수 없다.

다만 이러한 경우.

'퀘스트인가.'

퀘스트가 발동되곤 한다. 그것도 매우 높은 확률로.

그렇다면 그것에 가능성을 걸고 말을 하는 것이 맞았다.

전체 퀘스트가 아닌 이상에야 같은 NPC에게 다가가더라도 받아내는 퀘스트의 종류는 다르다.

NPC에게 어떤 반응을 보이고 그 앞에서 어떻게 행동하느냐에 따라 퀘스트의 종류, 내용, 보상까지도 달라진다.

신희현이 말했다.

"신의 사제였다 함은…… 지금은 그렇지 않다는 소리입니까?"

너무 건방져 보이지 않게 조심스레 눈치를 살피며 말했다. 하지만 비굴하지는 않았다.

그 중심선을 잘 찾는 것.

이런 거 되게 오랜만에 해본다. 오랜만에 해보지만 익숙했다.

아발론이 말을 이었다.

"네가 알지는 모르겠지만…… 나는 리치다."

"알고 있습니다. 해골 형태의 다른 리치를 만나본 적이 있습니다."

"그를 죽였나?"

"죽이지 못했습니다."

아직 심장을 부순 건 아니었으니까.

"만약 그를 또 만나게 되면 영면의 축복을 내려주면 좋겠다. 명령이 아닌 부탁이다."

신희현은 점점 더 확신을 갖게 됐다.

'부탁이라.'

퀘스트가 발동될 때가 됐다.

어떻게 대화를 이끌어 나가느냐가 관건이다.

"어째서…… 그러한 길로 인도해야 하는 것입니까?"

"리치는 신의 뜻을 거스른 자들이다. 자연의 섭리와 신의
섭리를 거부한 자들. 그들은 그 스스로를 잃는다. 종래에는
미쳐 버려서 파괴와 살육만을 좇게 된다."

아발론의 설명이 이어졌다.

신희현은 그 말을 하나하나 다 들었다.

이런 경우 SKIP을 할 수는 없는 노릇이다. 어디에 어떤 단
서가 숨어 있을지 모르니까.

시간이 흘렀다.

신희현이 고개를 끄덕였다.

"……그렇군요."

아발론의 설명은 굉장히 길었다.

장황한 수식어들을 배제하고 핵심을 말해보자면 리치는
신의 뜻을 거스른 자들이며, 그들을 자유롭게 하는 건 죽음

뿐이라고 했다.

원래 리치가 되는 것은 엄격하게 금지되어 있었다고 했다.

그러나 많은 사람이 강력한 힘을 위해 리치가 되었단다.

처음에 그러한 사람을 모두 사형시켰지만 사형시켜서 없애 버리는 숫자보다 오히려 새로 생겨나는 리치가 훨씬 많았고 종국에는 손쓸 수 없을 정도가 되었단다.

"그들이 플래티넘 골렘을 만들기 시작하면서…… 결국 우리도 손을 쓸 수밖에 없었다."

사제 중 몇몇을 타락시켜 그들을 막아내기로 했단다.

그리고 시간이 더욱더 흘러 리치들끼리도 플래티넘 골렘을 만들지 않기로 약조하게 되었다고 했다.

"신의 뜻을 거스르지 말고 자연의 섭리를 좇아라."

그게 결론이었다.

대부분의 퀘스트가 그러하듯, 어찌 보면 게임의 설정과도 비슷한 느낌이었다.

그런 내용 자체는 그리 중요한 것 같지는 않았다.

대신 중요한 건 이거였다.

[퀘스트: '아발론의 심장을 부숴라!'가 발동되었습니다.]

아발론이 말했다.

"내 심장이 보관되어 있는 위치를 말해주겠다. 나는 그곳에 접근하지 못한다. 네가 날 잠들게 해주면 좋겠다. 부디 나를 영면에 들게 해다오. 나도 더 이상은 버티기가 힘들다."

"⋯⋯."

"나의 친구들이 있는 곳으로 돌아가고 싶다. 지금 나는 너무 외롭다. 내 부탁을 들어주겠나?"

여기서 그냥 수락해 버리면 안 된다.

'그 심장이 나보다 레벨이 높으면.'

그러면 결국 부술 수 없을 거다. 그 어떤 공격도 통하지 않을 테니까.

"저는 힘이 너무나 미약하여 당신의 심장을 부술 수 없습니다."

"⋯⋯그런가."

아발론이 신희현을 쳐다봤다.

신희현은 다시 한번 확신했다.

'방금 여기까지가⋯⋯ 시험이었던 것이 틀림없다.'

만약 그 퀘스트를 덥석 받았다면 답이 없었을 확률이 높다.

아발론이 자기 입으로 더 이상은 버티기 힘들다고 했다. 그렇다는 말은 다른 리치들처럼 미쳐 버릴 수도 있다는 소리다.

아발론이 그렇게 되면 절대 감당할 수 없다. 라이나가 튀어나와서 막아주지 않는 한 말이다.

"너에게 내 힘을 주겠다."

초감각에 뭔가가 걸렸다.

[기이한 힘이 작용합니다.]

[플레이어에게 영향을 주는 외력을 확인합니다.]

[불굴의 의자+7이 저항하지 않습니다.]

외력을 확인은 했으나 저항하지는 않았다. 몸에 해가 되는 기운이 아니라는 소리다.

[레벨이 올랐습니다.]

[레벨이 올랐습니다.]

…….

[레벨이 올랐습니다.]

[레벨이 올랐습니다.]

[레벨이 올랐습니다.]

레벨이 급격하게 오르기 시작했다.

그러나 이 레벨 업은 임시 레벨 업이었다.

지속 시간은 약 30분 정도 되는 것 같았다.

현재 레벨 582.

한 번의 버프로 레벨이 82나 올랐다. 어지간하면 놀라지 않는 신희현도 입이 쩍 벌어졌다.

'이런 것도 가능했나?'

아발론이 말을 이었다.

"심장은 굉장히 단단할 것이다. 하지만 네게는…… 특별한 능력이 느껴진다. 나와는 상극되는 힘을 가지고 있다. 가능할 것이다. 부탁한다. 해내지 못한다면…… 내가 너를 공격할 수도 있다."

신희현은 여기서 끝내지 않았다.

짐짓 두려운 표정을 지었다.

"혹시…… 소환사의 비술에 대해서 알고 계십니까?"

레벨을 한 번에 80 넘게 올려 버리는 말도 안 되는 버프를 구사하는 리치다. 어쩌면 그런 것을 알 수도 있었다.

"물론이다."

엘렌은 고개를 끄덕였다. 아까의 긴장은 온데간데없이 사라졌다.

'저래야 빛의 사기꾼이시지.'

그녀는 봤다. 아발론이라는 상급 리치가 신희현에게 버프 하나를 더 걸어줬다. 아마도 소환사의 비술과 관련된 버프인 것 같았다.

드디어 신희현이 퀘스트를 수락했다.

"부족하지만…… 제가 해보겠습니다."

풍경이 바뀌었다.

평범한 서재처럼 보이는 공간이 나타났다. 서재 끝 쪽에는 나무 책상이 있었고, 그 책상 위에는 유리 상자가 놓여 있었다.

유리 상자 안에 심장이라 짐작되는 붉은색 보석이 보였다.

주먹만 한 크기의 보석이었다.

'저걸 부수면 되는 건가.'

리치는 굉장히 강력한 몬스터다. 과거에도 그랬고 지금도 그렇다.

하지만 신희현은 피닉스를 소환할 수 있다. 그것도 '소환사의 비술'을 사용해서 말이다. 피닉스를 소환할 때, 체력 소모를 걱정하지 않아도 됐다.

'피닉스.'

피닉스는 리치와 극성의 힘을 가진다.

하급 리치를 단 한 방에 먼지로 만들어버렸다. 그건 공격이 가능한 레벨이었기 때문이다.

공격만 가능하다면 통상 공격보다 훨씬 강력하게 작용하는 빛 공격을 할 수 있다.

신희현이 교감을 통해 물었다.

'저거 없애 버릴 수 있겠어?'

'당연하지. 주인, 그사이에 초월자가 되었네?'

신희현이 고개를 갸웃했다.

'초월자?'

뭔지 모르겠다.

지금 당장은 그걸 물어볼 여유는 없었다.

'시간이 좀 걸려, 주인. 저거 엄청 딱딱하다고. 그사이 나를 제대로 유지할 수 있겠지?'

소환사의 비술이 없었다면 힘들 것이었다. 애초에 피닉스를 소환하는 데 막대한 마력을 잡아먹으니까.

하지만 지금은 괜찮았다.

'저거 부수는 것에 집중해.'

'나만 믿으라고!'

번쩍!

빛이 일었다.

빛으로 이루어진 새, 피닉스가 빛의 창이 되어 심장을 향해 날아들었다.

그렇게 30분이 흘렀다.

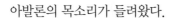

아발론의 목소리가 들려왔다.

"고맙다. 너라면 해낼 수 있을 거라 생각했다. 오랜 시간 기다림의 끝이 여기서 빛을 보는구나."

알림이 들려왔다.

[퀘스트: '아발론의 심장을 부숴라!'가 클리어되었습니다.]

언뜻 보면 간단해 보이지만 결코 그렇지 않았다.

리치와 상극의 힘을 가진 '빛 공격'을 할 수 없었으면 심장을 파괴할 수 없었다.

아발론의 말대로 심장은 굉장히 단단했다. 상극의 힘으로 공격해도 잘 부서지지 않을 정도로.

소환사의 비술이 없었다면 그 오랜 시간 피닉스를 소환할 수 없었을 거다.

신희현의 꼼수(?)가 아니었다면 레벨 버프를 받지도 못했을 거다.

이러한 모든 조건이 갖춰지지 않았었다면 아마도 퀘스트 클리어를 실패했을 거다.

'그렇게 됐다면…… 나는 지금쯤 시체겠지.'

아발론이 미쳐서 날뛴다는 상상. 하고 싶지도 않다.

[클리어 등급을 산정합니다.]

그런데 뭔가 조금 이상했다.

나쁜 쪽으로 이상하다는 소리는 아니었다. 오히려 좋은 쪽이었다.

시간이 좀 걸렸다.

'등급 산정이 왜 이리 오래 걸리지?'

어쩌면 아발론의 심장을 부수는 것이 이 히든 던전 고대 신전을 클리어하는 조건일 수도 있는 건가.

그런 생각이 들었다. 하지만 던전 클리어 알림음은 들려오지 않았다.

[상급 리치, 아발론이 기뻐합니다.]
[클리어 시간을 확인합니다.]
[클리어 인원을 확인합니다.]

최단 시간. 최소 인원.
'그리고…….'

[플레이어의 레벨을 확인합니다.]

'최저 레벨?'
레벨이 겨우 500밖에(?) 안 되는 플레이어가 아발론의 퀘스트를 클리어했다.
'이것은 마치…….'
이 정도 시간이 걸리고 이러한 조건이 나열된다는 것은.

[프리미엄 노블레스 등급 클리어로 인정됩니다.]

일반 노블레스도 아니었다.

프리미엄 노블레스 등급 클리어.

알림은 여기서 그치지 않았다.

['고대 퀘스트' 3개 클리어가 확인됩니다.]

[연속 퀘스트 클리어 보상이 산정됩니다.]

거기에 더해, '고대 퀘스트' 클리어 보상이 산정된다고 했다.

과거에도 몰랐던 보상이다.

'이건 도대체……'

알림이 들려왔다.

[앰플러스 네임이 생성됩니다.]

또 다른 앰플러스 네임이 생겨났다.

시스템상 거대한 업적을 일궈낸 플레이어에게만 주어지는
위대한 이름.

빛의 성웅에게 다시 한번 앰플러스 네임이 주어졌다.

[앰플러스 네임 '초월자'가 주어집니다.]

6장
초월자

정말 오랜만에 들어보는 알림음이었다.

[앰플러스 네임 '초월자'가 성립됩니다.]

앰플러스 네임의 명칭은 초월자.

신희현은 아까 피닉스의 말을 떠올렸다.

'초월자.'

피닉스가 말을 했었다. 초월자가 되었다고.

'초월자라는 건.'

알 수 있었다. 레벨 500을 기점으로 500을 넘긴 플레이어를 초월자라고 부르는 것을 말이다.

엘렌의 목소리가 들려왔다.

오랜만에 본다, 저 모습. 몸에서 하얀빛이 나고 있다.

무미건조한 표정. 중요한 알림이 있을 때 파트너를 통해 내용이 전달될 때의 그 모습이다.

"신희현 플레이어는 앰플러스 네임, 초월자를 획득하였습니다."

"효과는?"

"한계 레벨을 돌파할 수 있는 자격이 생성됩니다."

"레벨 500 이상 올릴 수 있다는 소리인가?"

"그렇습니다. 다만 레벨 500 이상의 레벨을 올리기는 결코 쉽지 않을 것입니다."

신희현이 고개를 끄덕였다.

그건 알고 있다. 레벨 450 이상부터는 레벨 업이 굉장히 더뎠다.

노블레스 등급 클리어를 하고, 퀘스트를 클리어하고, 몬스터들을 싹쓸이해도 레벨 올라가는 속도는 굉장히 느렸었다.

이 정도는 당연히 생각하고 있었다. 고레벨이 되면 될수록 레벨 올리는 건 어려운 일이니까.

'그것보다는 훨씬 힘들어지겠지.'

앰플러스 네임을 획득해야만 레벨을 올릴 수 있다.

결코 쉽지는 않을 거다. 아니, 쉽지 않은 정도가 아니라 아주 어려울 거라고 생각했다.

"히든 던전 고대 신전의 클리어가 거의 완료되었습니다."

"거의는 또 뭐야?"

"고대 신전 클리어 조건이 조건부 만족되었기 때문입니다."

조건부라.

무슨 말인지 알 수 없었다.

엘렌의 말을 기다렸다.

"신희현 플레이어는 마지막 관문, 아발론의 특전을 목전에 두고 있습니다."

"아발론의 특전?"

"신희현 플레이어는 아발론의 특전을 받아들일 수 있습니다. 받아들이지 않는 경우, 이대로 클리어가 진행됩니다."

"특전이 뭔데?"

이런 경우, 무턱대고 특전을 받아들였다가는 낭패를 볼 수도 있다. 수호신이라고 해서 모두가 플레이어에게 도움이 되는 것이 아니듯 특전이라고 해서 모든 것이 플레이어에게 이득이 되지는 않을 수도 있으니까.

"특전의 내용은 특전을 수락하신 후에 확인하실 수 있습니다. 특전을 원하시지 않으시면 던전 클리어 보상이 주어집니다. 특전을 수락하신 경우, 던전 클리어 보상은 주어지지 않습니다."

던전 클리어 보상을 그냥 받느냐 아발론의 특전을 받느냐.

'어떻게 하는 게 내게 이득이 될까?'

이런 경우 오래 생각한다고 해서 더 좋은 것이 나오지는 않는다.

대부분은 운이다.

이런 경우 빼고.

"엘렌, 너는 파트너로서 어떻게 생각해?"

파트너는 완전무결한 존재가 아니다.

다만 이렇게 정보를 전달하는 형태의 파트너가 되었을 때에는 정보를 많이 갖는다. 적어도 플레이어보다는 훨씬 더 많이 갖고 있다. 아마도 특별한 금제라고 생각되는 어떠한 제약 때문에 제대로 말을 못 하고 있을 뿐.

"제 주관적 판단은……."

"신희현 플레이어의 선택에 영향을 끼칠 수 없음을 미리 고지할 거지? 알았어. 말해봐."

엘렌의 무표정이 깨질 뻔했다.

실제로 깨졌다는 건 아니다. 적어도 신희현이 보기에는 그랬다.

요즘 엘렌의 숨겨진 표정을 읽는 재주가 생긴 것 같았다.

"파트너로서 지극히 주관적인 판단을 고지하겠습니다. 저는 아발론의 특전에 좀 더 메리트가 있다고 생각합니다."

알림이 들려왔다.

['아발론의 특전'을 수락하였습니다.]

['아발론의 수련 공간'이 활성화됩니다.]

['아발론의 수련 공간'으로 이동합니다.]

[5초]

[4초]

시간이 흘렀다. 다른 곳으로 이동했다.

'아발론의 수련 공간?'

원형 형태의 광장이었다.

굉장히 어두웠다. 깔끔하게 다듬어진 벽면이 아니라면 지하 동굴이라고 해도 믿을 정도였다.

신희현이 옆을 힐끗 쳐다봤다.

"엘렌."

엘렌은 여전히 무표정.

하지만 신희현은 읽었다.

'지금 신났네.'

무표정 속에 드러나 있는 은근한 기대감을 읽을 수 있었다.

지금 엘렌은 질문해 주기를 기다리고 있다.

슬며시 장난기가 일었다. 한참이나 가만히 있었다.

결국 엘렌은 참지 못하고 말하고 말았다.

"질문하지 않습니까?"

"왜? 내가 질문하면 좋겠어?"

"그런 건 아닙니다만."

엘렌의 날개 끝이 미세하게 떨렸다.

신희현이 피식 웃었다.

장난은 여기까지.

"이 공간에 대해 설명해 줘."

"알겠습니다."

엘렌의 날개가 활짝 펼쳐졌다.

그때, 신희현이 뭔가 발견했다.

"어?"

"왜 그러십니까?"

"너 날개."

엘렌의 날개는 4장이었다. 그런데 지금 보니 6장으로 늘어나 있었다.

'성장하고 있는 건가.'

과거, 신희현이 알고 있던 엘렌은 날개가 8장이었다.

엘렌이 고개를 끄덕였다.

"날개가 6장이 되었습니다."

"축하해."

진지한 표정의 엘렌이 말을 이었다.

"아이템을 더 빠르게 수거할 수 있을 것 같습니다."

신희현은 기뻐해야 할지 말아야 할지 제대로 분간할 수 없었다.

하여튼 설명을 듣기로 했다.

"아발론의 수련 공간은……."

아발론의 수련 공간은 아발론이 수련을 하기 위해 특별히 만든 곳이라고 했다.

레벨 500 이상의 키메라들을 선택하여 불러낼 수 있단다.

원형 광장 가운데에 키메라들을 선택할 수 있도록 프로그램이 되어 있다고 했다.

신희현이 씨익 웃었다.

"그러니까 이곳은……."

신희현표 속성의 탑과 비슷한 곳이었다.

속성의 탑은 플레이어들을 속성으로 육성하기 위한 던전이다. 빠른 레벨 업이 가능하며 원하는 때에 탈출할 수 있다. 위험하면 빠져나오면 그만이다. 그럼에도 불구하고 사망자가 꾸준히 발생하고는 있지만 어쨌거나 다른 던전에 비하면 훨씬 더 안전한 편이다.

"공격 명령은 공격, 정지 명령은 정지. 맞지?"

"맞습니다."

게다가 이곳은 위험하면 정지 명령을 내릴 수 있다. 그러면 키메라들이 공격을 멈춘단다.

'이거…….'

대박이다.

퀘스트 알림이 들려왔다.

[퀘스트: '20레벨 업을 달성하라!'가 생성되었습니다.]

신희현의 현재 레벨은 500.

신희현은 새로운(?) 사실을 하나 깨달았다.

'500레벨부터는 레벨 업 속도가 진짜 극악하네.'

정말로 극악했다.

눈앞의 저 몬스터, 도마뱀 비늘 같은 피부를 가지고 있지만 전체적 형태는 사자를 닮은 저 키메라의 레벨은 509다.

자신보다 9레벨이나 높은 몬스터를 잡고 있다. 상위 레벨 몬스터 가산 경험치 20퍼센트가 붙는다.

거기에 성웅의 증표로 인한 보너스 경험치.

결정적으로.

[아발론의 수련 공간의 특전이 부여됩니다.]

[경험치가 30퍼센트 적용됩니다.]

아발론의 수련 공간은 로또와도 같은 공간이었다.

[아발론의 수련 공간의 특전이 부여됩니다.]

[경험치가 60퍼센트 적용됩니다.]

경험치에 특전이 붙었다.

경험치 10퍼센트~100퍼센트까지.

키메라를 잡을 때마다 가산 경험치가 붙었다.

그럼에도 불구하고 20레벨 업이 쉽지 않았다.

"정지."

눈앞의 키메라 세 마리가 제자리에 섰다.

신희현은 한숨 돌렸다.

"레벨 업 진짜 어렵네."

사냥 자체는 어렵지 않았다. 체력 떨어지면 몬스터들을 정지시키면 되니까.

"오랜만에 노가다를 하니까 힘도 들고."

거의 단순 육체노동이나 다름없었다.

그사이, 신희현은 다른 뭔가를 떠올렸다.

'그런데 강유석은 도대체…….'

강유석 역시 앰플러스 네임을 획득했을 거다. '초월자'라는 앰플러스 네임 말이다.

그런데 신희현의 상식상, 강유석은 이 고대 신전을 절대로 클리어할 수 없었다. 숙련된 길잡이의 경험이 없었다면 이곳을 클리어할 수 없었을 거다.

멀리 가서 아발론이 발작을 일으키지 않았다 하더라도, 플래티넘 골렘만 깨어났어도 아마 강유석은 이곳을 클리어하지 못했을 거다.

길잡이가 아니었다면 이곳까지 찾아오지도 못했을 거고.

'어떻게 클리어한 거지?'

그것뿐만 아니라 '고대' 던전들 간에 어떠한 연관이 있는지도 알아야 할 숙제였다.

고대 유적에서.

'상위 레벨을 공격할 수 있는 룰 브레이커를 얻었고.'

고대 동굴에서.

'불의 씨앗을 얻었다.'

고대 신전에서.

'한계 레벨을 초과할 수 있는 앰플러스 네임을 얻었어.'

분명히 어떠한 연관이 있었다.

황금 골렘, 맘모스 헌터, 상급 리치.

그때, 알림음이 들려왔다.

[레벨이 올랐습니다.]

후, 이제야 또 레벨 업인가.

현재 레벨 511.

소요된 시간은 34일.

시간이 더 흘렀다.

[레벨이 올랐습니다.]

엘렌이 말해줬다.

"신희현 플레이어의 현재 레벨은 519입니다. 1레벨 업을 더
하면 퀘스트가 완료되며 고대 신전 클리어가 진행됩니다. 일
전에 고지했듯, 고대 신전 보상은 따로 주어지지 않습니다."

"알아."

이 사기적인 공간에서 레벨 업을 무려 20이나 할 수 있다.
여기에 무슨 다른 보상까지 바라면 그건 도둑놈 심보다.

"현재까지 소요 시간은 62일 4시간 2초입니다."

벌써 시간이 그렇게 됐나. 벌써 2달이 흘렀다.

"빨리 민영이 보고 싶네."

알림이 들려왔다.

[레벨이 올랐습니다.]
[축하합니다!]
[퀘스트: '20레벨 업을 달성하라!'가 클리어되었습니다.]
[축하합니다!]

거기에 매우 당연한 알림도 이어졌다.

[고대 신전. 최초 클리어로 인정됩니다.]

당연히 최초일 수밖에 없다.

[고대 신전. 최저 레벨 클리어로 인정됩니다.]
[고대 신전. 최단 시간 클리어로 인정됩니다.]
[고대 신전. 최소 인원 클리어로 인정됩니다.]

너무나 당연한 알림이 들려왔는데, 이 당연한 알림들이 의미하는 바는 그리 어렵지 않았다.

'설마?'

또 노블레스 등급 클리어?

'추가 보상 없다며?'

신희현조차도 황당해졌다.

그리고 이내 알 수 있었다. 고대 신전 클리어 자체에 대한 보상은 없었다. 하지만 그 클리어를 한 것이 노블레스 등급으로 인정되는 것 같았다.

그러니까 '고대 신전 클리어' 자체는 의미 없는데, '최소 인원, 최단 시간, 최저 레벨 클리어'가 의미가 있다는 소리다.

'귀에 걸면 귀걸이, 코에 걸면 코걸이인가.'

어찌 됐든 좋기는 좋았다. 보상이 하나라도 더해지면 좋은 거니까.

[보상을 산정합니다.]

['소환사의 비술' 사용 기록을 확인합니다.]
[스킬, '소환사의 비술'이 생성됩니다.]

신희현이 황당한 가운데에서도 기분이 좋아졌다.
'응?'
소환사의 비술이란다.
1회용 아이템이었던 그것이 스킬 형태로 주어졌다.

〈소환사의 비술〉
소환수, 소환 영령, 소환 정령 등 모든 소환 개체를 소환하는 명령에 있어서의 마력 소모가 없도록 합니다. 1일 1회로 사용이 제한되며, 한 번에 적용되는 소환 개체는 하나이고, 소환사의 비술이 적용되는 것은 소환사의 등급 이하의 소환수에 한정됩니다.

역시 히든 던전이다.
'대박이다.'
소환수를 소환할 때, 초기 마력이 0이라는 소리다.
뭔가를 구입할 때 초기 자금이 드는 것과 들지 않는 것은 차이가 크니까.
'내 등급 이하의 소환수라.'
피닉스까지는 적용이 되는 걸 이미 확인했다.
이대로 레벨을 좀 더 올린다면, 정령왕 칸드를 소환하여

부리기도 훨씬 더 쉬워질 거다.

'얻은 게 많아.'

얻은 게 많았다.

물론 궁금한 것, 해결되지 않은 것이 많이 남았지만 어쨌든 클리어가 진행됐고, 신희현은 밖으로 나올 수 있었다.

신희현이 맨 처음 히든 던전을 활성화시켰던 바로 이곳, 신희현의 방.

"역시 집이 좋긴 좋네."

일단 생존 보고부터 해야겠지.

신희현은 방문을 열고 나갔다. 거실에는 아무도 없었다.

'응?'

왜 아무도 없지. 어디 다들 나갔나.

핸드폰을 들었다. 민영에게 전화를 걸었다. 전화를 받지 않았다.

신희아도, 신강철도, 강유석도 전화를 받지 않았다.

'던전 들어갔나?'

그럴 가능성이 높았다.

아마도 속성의 탑 11층을 클리어하고 있을 거다. 레벨 500까지 올리기 위해서. 아무리 속성의 탑이라고 해도 레벨 500까지 올리기는 어려울 테니까.

고구려에 전화해서 확인했다.

최용민의 담담한 목소리가 들려왔다.

-신희현 플레이어, 오랜만입니다.

-네, 던전을 좀 클리어하는 데 시간이 좀 걸렸네요.

-상황을 전혀 모르시겠군요.

신희현이 고개를 갸웃했다. 뭔가 약간 불안한 느낌이 들었다.

-어떤 상황 말입니까?

7장
파괴의 신 파빌러스

최용민이 설명을 마쳤다.

—……그렇게 된 것입니다.

신희현은 현재의 상황에 대해서 알 수 있었다.

현재 최상위급 플레이어들이 속성의 탑 11층에 고립되어 있었다. 좋게 말해 고립이고 나쁘게 말하면 실종 상태다.

11층.

'속성의 탑'이라는 장소에 국한시키면 안 된다. 그곳은 또 어떤 게이트로 연결이 되어 있을지 모른다. 곁에서 보기에는 커다란 건물이지만 그 안에는 무궁무진한 세계가 펼쳐져 있을지도 모른다는 말이다.

그러한 곳에서 실종이 됐다?

'제기랄…….'

최상위급 플레이어라 함은 고구려의 김상목이나 폭풍 이형진 등, 신희현이 이미 익히 알고 있는 플레이어와 그들이 이끄는 팀을 일컫는 말이다.

그리고 아주 당연하게도.

'민영아.'

신희현이 사랑해 마지않는 강민영을 비롯하여 빛의 성웅 팀도 그 안에 포함되어 있다는 소리다.

동생인 신희아도, 사촌 동생인 신강철도, 같은 팀원인 강유석도.

'구하러 갈게.'

사실 그는 전화를 끊자마자 허공에 고래고래 소리를 질렀다. 그래야 가슴속 답답한 것을 조금이라도 뚫을 수 있을 것 같았다.

속성의 탑은 자유로운 입출입이 가능하다. 그건 속성의 탑의 메리트였다.

그런데 그 룰이 10층까지만 적용되는 듯했다. 11층부터는 얘기가 달라지는 모양이다.

현재 플레이어들의 실종 48일째란다.

'진정하자.'

마음을 다스렸다.

그래도 그곳에는 행운의 대명사인 강현수와 지략가 탁민

호가 함께 있다.

'그리고 애들의 레벨도 500에 거의 근접했어.'

과거, 아탄티아 던전을 기준으로 최상위급 레벨 플레이어가 400 근처였었다.

레벨만 놓고 보자면 그때보다도 오히려 레벨이 훨씬 높은 상태다.

'침착하자.'

강현수, 탁민호, 그리고 레벨 400이 넘는 플레이어들의 집합.

위험에 빠지는 일은 좀처럼 없을 것이다.

마음 같아선 지금 당장에라도 속성의 탑으로 달려가고 싶다.

그런데 역설적으로 표현하자면 그 좋은 멤버들이 50일이 가까운 시간 동안 그곳을 탈출하지 못하고 있다는 소리다.

무턱대고 달려갔다가 좋은 꼴을 보지 못할 수도 있다.

'마음을 추스르고.'

급할수록 돌아가라는 말이 있다.

적어도 길잡이에게는 통용되는 말이다.

길잡이가 이성을 잃으면 팀원 전체를 죽일 수도 있다.

'준비를 하자.'

대단위 인원이다. 최상위급 7개 팀이 들어갔단다. 그 숫자가 무려 300에 육박한다. (빛의 성용 팀처럼 소단위 팀도 있지만, 대단위 팀들도 존재한다.)

'길잡이가 얼마나 속해 있는지.'

얼마나 식량을 챙겨놨는지.

'식수는…… 유석이가 있으니 해결은 되겠지만.'

그래도 역시 부족할 것이다.

300명이 마실 물을 매일매일 공급하는 것. 일반 상태의 강유석이라면 어렵지 않겠지만, 아마도 많이 지쳐 있는 상태일 거다. 그러한 상황에서 물까지 책임지려면 굉장히 힘들 거다.

'식량과 식수부터 확보하고.'

상급 간소화 주머니부터 시작하여 중급, 하급 간소화 주머니에 물품들을 가득 채운 뒤 인벤토리에 저장했다.

던전 클리어를 준비하듯, 그는 속성의 탑에 들어갈 준비를 했다.

약 2시간이 흘렀다.

그가 전화를 걸었다.

"속성의 탑으로 이동하겠습니다."

며칠 전.

플레이어들의 실종 32일째.

최상위급 플레이어들, 그중에서도 광개토, 아름다운 세계, 폭풍대, 정의구현, 헤라클레스, 빛의 성웅 팀까지 현재 6

개 팀이 실종된 상태.

고구려에서는 11층으로의 이동을 엄격하게 제한했다.

"구출대를 보내야 합니다."

"누구를?"

저 인원들이 클리어에 실패하고 영영 빠져나오지 못한다?

그렇다면 다른 누가 가도 애꿎은 피해만 일어날 뿐이다.

−실종 32일째. 전 국민 촛불을 밝혀!

시청 광장에 사람들이 모였다.

일반인에게 플레이어는 상당히 위협적인 존재임과 동시에 또 사람을 지켜주는 존재이기도 했다.

더더군다나 현재 실종되었다고 알려진 팀들은 굉장히 유명한 팀이었으며 사람들을 위해 싸우는, 이를테면 '정의의 팀'쯤으로 인식되어 있다.

수업이 끝나자마자 달려온 중학생들도 있었다.

여학생 하나가 눈물을 흘렸다.

"제발…… 강철이 좀 구해주세요."

여기 온 지 벌써 3일째다.

촛불을 켰다. 플레이어들이 살아 돌아오기를 바라는 간절한 염원을 담았다.

"제발요."

그녀는 누구에게 말을 하는 것인지 스스로도 몰랐다.

신이 존재한다면 제발 강철이 좀 돌아오게 해주면 좋겠다고 생각했다.

수많은 사람이 같은 마음으로 누군가에게 기도하고 기원했다.

−실종 33일째. 어제보다 더 많은 인파 몰려.

−국민들의 염원을 담은 촛불이 타오르다.

매스컴에는 연일 속성의 탑 실종 내용으로 도배되었다.

그리고 얼마 뒤 놀라운 소식이 전해졌다.

−던전을 클리어하고 돌아온 빛의 성웅!

−던전 클리어 직후, 속성의 탑으로 향하다.

그 보도를 접하게 된 사람들이 환호성을 질렀다.

서울 시청 광장에 그 소식이 전해졌을 때, 누군가 시키기라도 한 듯, 미리 약속이라도 한 듯 함성이 터져 나왔다.

와아아아아−!

실종된 팀들의 플레이어들 역시 가족이 있다.

가족들은 그 소식만으로도 기뻐했다. 기쁨의 눈물을 흘렸다. 아무것도 보이지 않는 절망에서, 이제 적어도 희망은 가질 수 있게 되었으니까.

집회 4일째.

촛불집회에 참여한 여학생이 또 울었다.

"제발……."

이름은 이수연.

신강철과 연애한 지 이제 100일쯤 됐다.

"제발 강철이 좀 돌려주세요."

수많은 사람의 염원을 뒤로한 채 신희현은 속성의 탑에
섰다.

'여기 11층인가.'

고구려에서 파견 나온 팀원들이 신희현을 안내했다.

"이쪽입니다."

10층까지의 공략법은 이미 사람들 사이에 퍼져 있다. '최
고의 공략법'인지는 알 수 없었지만 어쨌든 어느 정도 공략
법이 공유된 상태.

신희현을 안내하는 팀의 대표는 과거 미치광이 학살자로
이름을 날렸던 변도현이다.

현재 5층.

신희현이 고개를 저었다.

"아뇨, 이쪽으로 가죠."

변도현이 안내한 방향은 오른쪽 갈림길.

그러나 신희현이 선택한 길은 왼쪽이다.

"하지만……."

변도현은 말을 하려다 말았다.

상대가 빛의 성웅이다. 현존하는 최강의 길잡이 아니던가.

'뭔가 다른 길이 있겠지.'

하기야 여태까지 나온 공략은 공략일 뿐이지 정답은 될 수 없다.

공략이란 게 그렇지 않은가. 퀘스트 혹은 던전 클리어를 조금 더 빠르고, 조금 더 안전하게 할 수 있는 방법. 그게 바로 공략이다.

더 좋은 공략법이 있다면 그걸 따라가는 게 좋다.

변도현이 이끄는 '그림자' 팀은 속으로 기뻐했다.

'새로운 공략인가.'

그렇게 생각했는데.

'어라.'

어느새 보니 11층 입구에 다다라 있었다.

이쯤 되니, 자신들의 존재 의의에 대해 고민이 생길 정도였다.

'우린 왜?'

여기까지 왜 따라온 거지?

'뭘 본 거지?'

그들은 이해할 수 없었다. 그냥 휙휙 어디론가 움직이는 것 같았는데, 그냥 11층 앞에 도착했다.

'난 지금 뭘 배운 거지?'

실력 차이가 너무 현격하게 많이 나서 뭔가를 보고 배울 겨를도 없었다. 신희현이 뭘 한 건지도 모르겠다.

사실 별거 안 했다.

몬스터들은 멀리서부터 신희현의 기적을 느끼고 도망치기 바빴다. 제왕의 발톱이 있기 때문이다.

그런데 그마저도 하지 못한 몬스터들은 윈더를 미리 보내 전부 죽여 버렸다.

당연히 그의 걸음은 빠를 수밖에 없었다.

종종 있는 함정들은 초감각을 통해 피해 버렸다. 아니면 통째로 부숴 버리거나.

변도현은 상황을 깨달았다.

'만약 방법을 안다 하더라도…….'

그렇다 하더라도 절대로 따라할 수 없는 방법으로 10층을 통과했다.

그는 봤다. 몬스터들이 알아서 꼬리를 말고 도망치는 걸 말이다.

'그사이에 더 강해졌다.'

어떤 던전을 클리어하고 나왔다고 했다. 그 시간이 거의 두 달 정도였다고 들은 것 같다.

그 두 달 동안 어떤 일이 있었는지는 모르겠지만 뭔가 더 멀어졌다. 마치 어떤 벽을 깨부순 것처럼 말이다.

신희현이 말했다.

"이제 여러분은 돌아가셔도 됩니다."

변도현이 고개를 끄덕였다.

"조심하십시오."

뒤를 돌아보고 얘기했다.

"우리는 복귀한다."

신희현은 숨을 골랐다. 몇 번인가 심호흡을 했다.

이 문, 이 문을 넘어가면 11층의 세계가 펼쳐진다.

450에서 500레벨 구간.

11층 자체는 전혀 두렵지 않다.

초월자라는 앰플러스 네임을 획득하면서 500레벨을 초과했다. 520레벨이다.

제왕의 발톱까지 가지고 있다. 어지간한 몬스터들은 접근도 못 할 거다.

450~500 구간이라 함은 500레벨이 가장 강한 몬스터일 확률이 높으니까.

'민영아, 조금만 기다려. 금방 갈게.'

11층 자체는 두렵지 않은데 소중한 사람들을 잃을까, 그게 두려웠다.

과거로 돌아와서 가장 1순위로 꼽았던 것이 그가 사랑했던 사람들을 잃지 않는 거다.

알림이 들려왔다.

[11층에 진입합니다.]

김상목이 외쳤다.

"3팀과 4팀, 위치 교환. 전위를 바꾼다."

3팀은 폭풍대를 일컫는 말이고, 4팀은 정의구현 일컫는 말이다. 빠른 명령 전달을 위해 간편한 이름으로 설정했다.

현재 이곳에선 김상목이 실질적인 리더를 맡고 있다.

플레이어들은 이곳에서 살아남아야 했다. 탁월한 리더가 필요했다.

단순무식한 면이 있기는 하지만 그래도 이 중에서 김상목이 가장 리더에 적합하다고 플레이어들은 판단했고, 그를 임시 리디로 삼았다.

광개토, 아름다운 세계, 폭풍대, 정의구현, 헤라클레스, 빛의 성웅 팀. 약 300명의 인원이 임시 대장인 김상목의 명령에 따라 일사분란하게 움직였다.

어디선가 비명이 터져 나왔다.

"크아악!"

신강철이 서둘러 외쳤다.

"힐!"

과거에도 그랬고 현재도 '치유의 사제'라는 이명으로 불리며 활약하고 있는 신강철이 황급히 힐을 넣었다.

그러나 소용없었다.

김상목이 말했다.

"신강철, 그만. 체력을 아껴."

김상목이 입술을 깨물었다.

이미 저 플레이어는 즉사했다. '아름다운 세계'의 일원으로 파악됐다.

"제길……. 좆같은 새끼."

이곳에는 어떤 이상한 놈이 하나 있다. 일단 편의상 '그림자 암살자'라고 부르고는 있다.

형태가 정확하게 파악되지 않았다.

어디선가, 어느 순간에 갑자기 나타나서 플레이어의 목 뒷덜미에 단도를 꽂아 넣어버린다. 그러면 대부분 즉사다.

'그림자 암살자'의 존재는 플레이어들을 심적으로 신체적으로 지치게 만들었다.

저만치 앞, 여덟 발 하이에나가 보였다.

이미 상대해 본 놈들이다. 무리를 지어 다니며 이빨 공격이 상당히 위험한 놈들.

김상목이 명령을 내렸다.

"탱커진, 원형진 구축."

가장 효율적인 방법이 있다.

"원거리 딜러진, 준비."

탱커들로 벽을 만들고 원거리 딜러들이 뒤에서 공격하는 것.

여덟 발 하이에나는 기동성이 좋지만 방어력 자체는 그리 높지 않은 것으로 확인됐다.

김상목은 명령의 편의성을 위해 모든 명령을 반말로 내리기로 했다. 모든 플레이어가 합의한 내용이다.

"불의 법관, 불 수레 준비해."

강민영뿐만 아니라 마법사 계열 마법사들이 마법을 준비했다.

그런데 김상목은 뭔가를 느꼈다.

'뭐지?'

뒷목이 싸늘해지는 느낌이었다.

'그림자 암살자!'

챙!

소리와 함께 김상복의 검과 난도가 부딪쳤다.

김상목이 검을 휘둘렀다.

그와 동시에 그림자가 멀어졌다.

그때, 강민영이 마법을 사용했다.

"불 수레!"

김상목이 소리 질렀다.

"안 돼!"

그러나 이미 마법이 발동된 상태.

아주 잠깐이지만 마법사는 마법을 사용하는 그 순간 무방비 상태가 된다.

김상목이 외쳤다.

"위를 막앗!"

그림자 암살자라 불리는 기이한 몬스터가 강민영의 머리 위로 떨어져 내렸다.

강유석이 정령술로 그 공격을 막아냈다. 그러나 완전히 막아내지는 못했다.

강민영이 피를 흘렸다. 그럼에도 불구하고 불 수레의 운용은 멈추지 않았다. 놀라운 집중력이었다.

하지만 상황이 더욱 악화됐다.

"대장님, 여덟 발 하이에나가……."

여덟 발 하이에나 모두가 죽었다.

그건 그다지 문제가 되지 않는다. 오히려 좋다. 하지만 그 여덟 발 하이에나를 죽인 것들이.

'그림자 암살자들인가……?'

그림자 암살자라 부르는 그 그림자들이라면 문제가 커진다.

여태까지와는 달랐다. 여태까지는 한두 마리가 습격을 해왔다면, 이번에는 수십 마리가 떼로 몰려들고 있는 것 같았다.

방해가 되는 여덟 발 하이에나를 모두 도륙해 가면서.

앞쪽, 뒤쪽, 양쪽에서 밀려들었다.

이대로 가면 전멸이다.

그때, 강유석이 입술을 깨물었다.

'어쩔 수 없어.'

상황이 너무 나쁘다. 이대로 뒀다가는 여기 있는 모든 사람이 죽게 생겼다. 뭐라도 해보지 않으면 안 될 것 같았다.

민영도 방금 굉장히 위험하지 않았던가.

'형, 미안해요. 사용해야 할 것 같아요.'

신희현이 말했었다. 자신이 돌아오기 전까지 수호신을 활성화시키지 말라고.

그러나 지금은 찬물 뜨거운 물을 가릴 때가 아니었다.

'수호신 활성화.'

강유석의 몸에서 검은색 아지랑이가 피어오르기 시작했다.

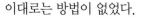

이대로는 방법이 없었다.

'이 사람들.'

더 정확히 말해서 팀원들을 지키고 싶었다.

'수호신 활성화.'

알림이 들려왔다.

[수호신 활성화 상태에 접어듭니다.]

이번에는 알림이 아닌, 다른 목소리가 들려왔다.

정확하게는 모르겠지만 중년 남성의 목소리였다.

동굴 속에서 웅웅 울리는 듯한 그런 소리가 머릿속에 들려왔다.

—잘 생각했다.

그 목소리가 흐흐흐 웃었다.

—너에게 힘을 빌려주겠다.

이번에는 또 알림이 들려왔다.

[일시적으로 레벨이 올랐습니다.]
[일시적으로 레벨이 올랐습니다.]
[일시적으로 레벨이 올랐습니다.]
[일시적으로 레벨이 올랐습니다.]

레벨 업 알림음이 이어짐과 동시에.

[일시적으로 초월자 상태에 돌입합니다.]

초월자 상태에 돌입했단다.

거기에 더해 새로운 스킬이 생성되었다.

[물의 정령왕, 엘드와의 임시 계약이 성립됩니다.]

[스킬, '엘드 소환'이 생성됩니다.]

횟수가 정해져 있는 정령술이었다.

임시 스킬. 딱 한 번만 사용이 가능했다.

강유석의 눈앞에 그림자 암살자들이 몰려들고 있는 게 보였다. 이것저것 따질 때가 아니었다.

김상목이 외쳤다.

"탱커진 원형진으로! 놈들이 무서운 건 기습이다! 전면전은 절대 밀리지 않아!"

그의 명령에 따라 탱커들이 움직이고 딜러들이 공격을 준비했다.

김상목은 포기하지 않았지만 그렇다고 그의 말처럼 그림자 암살자들이 쉬운 놈들인 것은 아니었다.

'어쩌면…… 여기서 죽을지도 모르겠다.'

그런 생각을 하고 있는데 갑자기 강유석이 걸음을 옮겼다.

"강유석 씨!"

탱커진을 향해 움직이고 있는 게 보였다.

정령사가 갑자기 앞으로 나선다?

이유를 알 수 없었다.

자살이라도 하고 싶은 건가.

강유석이 말했다.

"엘드 소환."

그 순간, 11층 공간 전체가 물에 잠긴 것 같은 느낌이 들었다.

강유석의 귓가에 엘드의 목소리가 들렸다.

─계약은 성립되었다.

신희현의 교감과 비슷한 형태였다. 강유석과 교감이 이루어졌다.

─계약자여, 그대는 무엇을 원하지?

강유석이 뭔가를 말하려고 했다.

그가 원하는 것은 바로 저 그림자 암살자들을 죽이는 것이다. 그것을 원했다.

그런데 입이 멋대로 움직였다.

"모두."

강유석이 입술을 꽉 깨물었다.

피가 났다.

"주······."

안 돼. 말하면 안 돼.

수호신의 이름을 이제야 알 수 있었다.

수호신의 이름은 파빌러스.

파괴의 신이란다.

모두 죽여.

이렇게 말을 하고 있었다.

ㅡ내가 도와준다니까.

죽여.

이렇게 말하라고 시켰다.

"주……."

안 돼.

머릿속에 환상이 그려졌다.

이곳의 물이 모두를 집어삼킬 거다. 그리고 지금은 파란빛인 이곳이 붉은빛으로 물들게 될 거다. 물의 칼날이 플레이어들을 전부 도륙해 버릴 테니까.

"주……."

그때, 목소리가 들려왔다.

"강유석!"

신희현은 분명히 봤다. 그의 눈에서 아주 희미하지만 붉은 안광이 스며들어 있었다.

신희현 정도 되는 눈썰미가 아니라면 절대로 알아차리지 못할 만큼 아주 희미한 안광이었다.

그리고 그의 눈빛은 플레이어들을 향하고 있었다.

신희현이 스킬을 사용했다.

[스킬, 소환사의 비술을 사용합니다.]

1일 1회로 제한되어 있는 스킬이지만 그 효과는 탁월했다.

'칸드 소환.'

기세로 보아하건대 이곳을 가득 채우고 있는 물은—숨 쉬기에는 부족함이 없었다— 물의 정령왕급 정도 되는 것 같다.

바람이 크게 일었다. 이곳을 가득 채우고 있는 물을 바람이 걷어냈다. 바람의 영역과 물의 영역이 서로를 밀치고 싸웠다.

'후.'

마력이 급속도로 빠져나가는 게 느껴졌다. 여차하면 퓨리어스를 마실 준비도 하고 있다.

심장이 두근거렸다.

'확실해. 물의 정령왕이다.'

여차하면 퓨리어스를 마실 생각도 하면서, 라비트를 소환했다.

'라비트.'

순간적으로 칸드의 영역이 줄어들었다. 교감을 통해 칸드의 음성이 전해졌다.

—뭐하는 짓이야? 저 재수 없는 놈한테 밀리게 생겼잖아!

그런데 라이나가 생각난 모양이다.

―……요.

신희현은 거기에 대답하지 않았다. 곧바로 라비트에게 명령을 내렸다.

'라비트, 유석이를 기절시켜.'

'알겠소. 상황이 별로 좋지 않아 보이는군.'

'칸드, 지금은 기세 싸움을 할 때가 아니다.'

칸드에게도 명령을 내렸다.

'다른 영역은 전부 포기해도 좋아. 라비트에게 길을 열어줘.'

'젠장.'

라이나 님만 아니었어도 그딴 명령 따윈 듣지 않는 건데.

그렇게 투덜거린 칸드는 광범위한 기세 싸움을 취소하고 작은 길을 뚫었다. 강유석까지 이어지는 작은 통로를 말이다.

라비트가 검을 내뻗었다.

"일격필살!"

설명은 길어도 순식간에 벌어진 일이다. 시간상으로 따지면 3초도 안 되는 짧은 시간.

김상목은 이 상황을 이해할 수 없었다.

'뭐가 벌어지고 있는 거지?'

어느새 그림자 암살자는 사라져 버렸다. 믿기 어렵지만 도망을 친 것 같다.

그림자 암살자는 사라졌는데 갑자기 공간에 물이 가득 찼다.

숨을 쉴 수 있는 물이었는데, 그 물을 바람이 걷어냈다.

기세 싸움을 하는가 싶더니 라비트가 갑자기 나타나 일격 필살이라며 강유석을 공격했다.

'빛의 성웅이 아닌가?'

혹시 새로운 몬스터가 아닐까 싶기도 했다.

'뭐가 어떻게 된 거지?'

혼란스러운 건 강민영 역시 마찬가지였다.

너무나 반가워 뛰어가고 싶었는데 지금은 그럴 상황이 아닌 것 같았다.

'오빠⋯⋯?'

라비트가 '일격필살!' 하고 외치는 소리가 들려왔다.

강유석이 외마디 비명을 지르며 무릎을 꿇고 쓰러졌다.

"큭!"

강유석의 귓가에 목소리가 또 들려왔다.

─초월자라니. 제길.

그 목소리가 끝이었다.

[레벨이 떨어졌습니다.]

[레벨이 떨어졌습니다.]

[레벨이 떨어졌습니다.]

레벨이 원상복귀 됐다.

그와 동시에.

[엘드와의 임시 계약이 종료되었습니다.]
[엘드 소환이 취소됩니다.]

라는 알림음도 들려왔다.

물이 사라졌다. 신희현도 칸드를 돌려보냈다. 거친 숨을 몰아쉬었다.

"헉…… 헉…… 헉……."

땀이 비 오듯 쏟아졌다. 물의 정령왕과 잠시 상대했을 뿐인데 체력이 바닥났다.

하지만 그건 강유석도 마찬가지였다.

강유석의 상태가 훨씬 안 좋았다. 기절해 버렸다. 귓구멍에서 피가 줄줄 흘러나오고 있었다.

"신강철! 왜 넋 놓고 있어!"

상황을 이해하지 못해 갈피를 못 잡던 신강철이 서둘러 힐을 넣었다.

신희현이 또 외쳤다.

"서지석 씨!"

"아, 아, 예, 예!"

그가 보기에도 강유석의 상태는 좋지 않았다. 상태 이상을 치료해야 할 것 같았다.

"큐어!"

그리고 신희현도 그 자리에 쓰러졌다. 다리에 힘이 풀렸다.

강민영이 달려왔다.

"오빠!"

강민영의 몰골 역시 그다지 깨끗하지는 않았다. 던전 안에서 수십 일을 지냈는데 멀쩡하면 그게 더 이상하다.

그나마 강유석이 계속 신경 써주며 물을 공급해 줘서 깨끗한 편이다.

신희현이 씨익 웃었다.

"아, 냄새 좋네."

강민영은 화들짝 놀라 일어섰다.

혹시라도 자신의 몸에서 땀 냄새라도 날까 봐 걱정됐다.

티 안 나게 코를 킁킁 거려봤는데, 그걸 놓칠 신희현이 아니다.

그는 길잡이이며 시력과 관찰력이 매우 좋다.

'귀엽네.'

굳이 말로 하지는 않았다. 저런 모습이 너무나 사랑스러웠다.

약 10분이 지난 후, 신희현도 체력을 회복했다. 자리에서 일어섰다. 신희현이 설명했다.

"유석이는 여러분을 지키기 위해 몸이 허락하는 것 이상의 힘을 한꺼번에 꺼내 썼습니다."

어느새 정신을 차린 강유석은 제자리에 앉아 그 말을 잠자코 들었다.

"……."

"그래서 몸에 무리가 많이 온 겁니다. 그리고 제가 아까 그것을 막은 건……."

강유석을 힐끗 쳐다봤다.

강유석과 나중에 따로 얘기를 해야 할 것 같았다. 지금은 다른 얘기를 해야 할 때다.

"유석이는 아직 그 힘을 제대로 통제할 수 없습니다. 까딱 잘못하면…… 플레이어들도 위험해질 수 있는 가능성이 있기 때문에 제가 끊어버린 겁니다. 혹시 몰라서."

김상목이 고개를 끄덕였다.

"……그렇군요."

확실히 그런 이유라면, 그럴 법도 했다.

플레이어들은 알 수 없었다. 만약 조금만 더 진행됐다면 정말로 죽을 수도 있었다는 것을 말이다.

"이제부터 11층 안내는 제가 맡겠습니다."

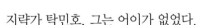

지략가 탁민호, 그는 어이가 없었다.

'뭐지?'

아무래도 이 속성의 탑이라는 건 사람을 차별하는 것 같았다.

'여기서 분명 몬스터가 나올 거라 생각했는데.'

빛의 성웅이 하도 막 걸어가는 것 같아서 주의를 주려고 했다.

빛의 성웅님, 여기는 몬스터가 나올 확률이 매우 높으니 조심하는 것이 좋을 것 같아요.

이렇게 말을 하려고 했는데.

'뭔 놈의 개미 새끼 한 마리 안 보이냐?'

몬스터는커녕 개미 새끼 한 마리 안 보인다.

'그림자 암살자인지 뭔지 하는 그지깽깽이들은?'

적어도 30분에 한 번꼴로 암습을 해대던 그 작은 놈들은 코빼기도 안 보이고 있다.

전체적인 난이도 자체가 굉장히 낮아진 느낌이다.

신희현이 말했다.

"루시아."

루시아가 모습을 드러냈다.

루시아가 또 총 대신 굳이 단도를 꺼내 들고 핥았다.

"죽입니까?"

"그래."

[스킬, 라피드 스텝을 사용합니다.]

루시아의 몸이 용수철 튕기듯 튕겨져 나갔다.

원래는 원거리 딜러인데, 근거리 딜러들이 보통 사용하는 라피드 스텝까지 썼다.

벽면에 뭔가가 붙어 있었다. 박쥐 형태의 몬스터였다.

루시아의 단도가 놈을 깊숙이 찔렀다.

신희현은 아무 일도 없었다는 듯 또 걸음을 옮겼다.

이쯤 되니 길잡이가 아닌 김상목도 이상함을 느낄 수 있었다.

'뭐지?'

너무 쉬워진 것 같은 느낌이다.

비유를 하자면 정답지를 보면서 문제집을 풀고 있는 느낌.

'여기가 이렇게 쉬운 곳이었나?'

아니, 일단 몬스터가 안 나타나고 있다.

이것은 '제왕의 발톱' 때문이다. 신희현의 기척을 읽을 수 있는 대부분의 상위급 몬스터들은 초월자의 기척을 느끼고 알아서 꼬리를 말고 미리 도망을 치고 있는 거다.

김상목도 이상함을 느끼고 있을 무렵, 탁민호는 더더욱 이상함을 느낄 수 있었다.

'동선이 좀⋯⋯.'

뭐랄까. 효율적이지는 못한 것 같은 동선이다. 빛의 성웅이 어련히 알아서 하겠다마는, 뭔가 좀 빙빙 돌아가는 느낌이랄까.

정확하게는 알 수 없었다.

약 2시간이 더 흘렀다.

탁민호는 이제 확신할 수 있었다.

"빛의 성웅님."

"신희현이면 됩니다."

탁민호가 고개를 끄덕였다.

"네. 신희현 씨, 의견을 하나 말씀드려도 될까요?"

신희현이 탁민호를 쳐다봤다.

탁민호가 무슨 말을 할지 이미 알고 있다.

지금 같은 길을 세 번째 지나는 중이다. 그가 보기엔 이해가 되지 않는 행동이겠지.

"같은 길을 세 번째 지나고 있다고 말씀하고 싶은 겁니까?"

"네, 이곳뿐만 아니라 동쪽 통로도 두 번, 서쪽 통로도 세번, 그리고 중앙 통로 세 번. 계속해서 같은 곳을 빙빙 돌고있습니다. 뭔가…… 길을……."

길을 잃으신 거 아닙니까?

묻고 싶었지만 그럴 수는 없었다. 상대가 빛의 성웅이니까.

신희현이 고개를 끄덕였다.

"그 말이 맞습니다. 얼핏 보면 길을 잃은 것처럼 보이겠죠."

하지만 그런 게 아니다.

"저길 보시면 답이 나올 겁니다."

보통 이런 때에 길잡이를 제외한 다른 플레이어들은 숨소리조차 내지 않는 것이 불문율이다. 길잡이보다 길을 잘 아는 클래스는 없으니까.

'정의구현'을 이끌고 있는 김동재가 눈을 끔뻑거리며 언제나 그렇듯 불만을 토해냈다.

"이건 아무래도 미친 겁니다."

그의 친구인 오형석이 피식 웃었다.

망했다고, 절대 안 싸울 거라고 입으로는 말을 하고는 있는데 벌써 도끼를 꺼내 들고 있는 김동재가 보였다.

하여튼 말이랑 행동이랑 반대로 노는 놈이다.

그렇게 생각한 오형석 역시 전투를 준비했다.

탁민호는 앞을 쳐다봤다.

'이건…….'

답을 보고 나서야 모든 상황이 이해가 됐다.

속성의 탑의 비밀 하나를 알게 됐다.

김상목의 눈이 커졌다.

'이게 어떻게 된 거지?'

빛의 성웅을 따라 걸어왔을 뿐이다.

탁민호가 안내할 때보다 훨씬 더 안정적이었다는 것을 제외하면 그렇게 특이한 점은 발견되지 않았다.

같은 곳을 세 바퀴 도는 것조차도 모를 정도로 빛의 성웅은 편안하게 이곳을 이동했었다.

탁민호가 가장 먼저 상황을 이해했다.

'빙빙 돌면서……'

아마도 빛의 성웅의 특수 스킬로 몰이사냥을 계획했던 것 같다.

더 정확히 말하자면 특수 스킬이 아닌 '제왕의 발톱' 효과다.

현재 신희현의 레벨은 520.

앰플러스 네임 초월자 덕분에 500레벨을 초과했다.

그 덕분인지는 몰라도 제왕의 발톱은 그 어느 때보다 더 강력한 효과를 발휘했다.

제왕의 발톱 때문에 신희현의 기세를 느낀 몬스터들이 도 망을 쳤다.

탁민호는 신세계를 본 기분이 들었다.

'도망치는 것을 감안하여 움직인 거다.'

그것을 감안하되, 한 방향으로 밀어 넣을 수 있어야 했다.

'여태까지 우리가 지나온 갈림길이 22개.'

22개의 갈림길을 지나왔다. 그중에 3개는 갈림길이 3개 이 상인, 3중 갈림길이었다.

'그 모든 길을 기억한 거다.'

그것을 기억하고 동선을 머릿속에 집어넣어, 속성의 탑을 머릿속에 그려 넣은 것이 분명했다.

"머릿속에 지도를 그리신 겁니까?"

"……예, 뭐. 대충."

어느 정도의 공간지각 능력이 있으면 이 정도로 지도를 그리고 이 복잡한 층에서 몬스터들을 몰아넣을 수 있는 건지 알 수 없었다.

길잡이 전용 '기록 스킬'이 엄청나게 발달이 되어 있든지, 그도 아니면 타고난 재능이 뛰어난 건지, 공간지각 능력이 타의 추종을 불허하는 천재라든지 뭐가 됐든 머릿속에 전체 지도를 그려 넣은 것은 틀림없어 보였다.

'완벽한…… 천재다.'

탁민호가 이해하기에는 그랬는데 실상은 조금 달랐다.

지금 이 순간, 윈더는 자신의 존재 의의에 대해 심각한 고민을 하고 있는 중이다.

'몬스터 몰이라.'

아이템 수거에 이어 몬스터 몰이.

'뭔가 원대한 계획이 있을 것이다.'

……라고 열심히 자기 위로를 하고는 있는데 아무래도 아닌 것 같다.

하지만 마음을 고쳐먹었다.

'아니다. 그래도 라이나 님의 계약자다.'

밝음의 여신 라이나가 함께하는 계약자.

뭔가 큰 그림을 그리고 있을 것이다. 힌낱(?) 상급 정령인 자신은 생각하지 못하고 있는 큰 그림 말이다.

물론 그런 거 따윈 없다.

이 순간, 신희현은 생각했다.

'윈더가 제법 몰이를 잘하네.'

앞으로도 몰이에 써야겠다는 생각이 들었다.

속성의 탑. 이곳은 같은 곳을 빙빙 돌면 그 너비가 조금씩 줄어드는 성질을 가졌다.

신희현이 가장 먼저 그것을 알아차렸다.

세 바퀴째 똑같은 길을 걷자 넓이가 굉장히 줄어들었다.

윈더 때문에 도망치던 몬스터들이 한곳에 모여 들었다.

원형 공동.

몬스터들은 더 이상 도망칠 곳이 없다는 것을 깨닫자 적의를 불태웠다.

신희현은 놈들을 쳐다봤다.

몬스터의 종류는 제각각.

대충 살펴보니 7종류 정도 되는 것 같았다.

'속성에 따라 다르게 공격하기에는…….'

지금 플레이어들이 너무 지쳐 있다.

'오늘은 일단 내가 빠르게 처리하는 게 낫겠다.'

플레이어들이 지쳐 있는 상황이 아니라면 실전 연습이라도 시킬 텐데.

무엇보다 사랑해 마지않는 강민영이 많이 지쳐 있는 상태다.

"오늘은 제가 이곳을 클리어하겠습니다."

김상목이 말했다.

"저희도 돕겠습니다. 그림자 암살자만 없으면 할 만합니다."

옆에서 탁민호가 말했다.

"도울 새도 없을걸요?"

"……뭐라고?"

"저 앞에 봐요."

김상목은 얼떨떨한 눈으로 앞을 쳐다봤다.

빨간 머리의 예쁜 여자, 플레이어들 사이에서 '붉은 단도' 혹은 '붉은 마녀'라고 불리고 있는 루시아가 단도를 들고 몬스터 사이를 헤집고 있었다.

"저 여자가 단도를 꺼내 드는 상황. 어떤 상황인지 알죠?"

"……."

알고 있다. 저 여자는 본래 총이 주 무기다. 총을 사용하지 않고 단도를 사용하는 경우는 딱 하나다. 몬스터가 너무 허접해서 단도를 사용해도 될 때.

그리고 저런 경우 또 다른 누군가가 튀어나오게 마련이다.

"총잡이는 총을 사용하시오! 검객에 대한 모독이오!"

바로 진짜 검객 라비트.

라비트는 루시아가 단도질(?)을 하는 것을 그다지 좋아하지 않았다. 라비트가 보기에 루시아의 단도술은 그렇게까지 훌륭하지는 않았으니까.

그럴 수밖에 없다. 원래 루시아는 원거리 딜러다.

루시아가 거의 무표정에 가까운 얼굴로, 그러나 아주 희미하게 피식 웃었다.

"열둘."

라비트의 수염이 바짝 섰다.

"질 수 없소! 비록 그대가 나보다 먼저 소환되었다는 이점은 있지만."

'일격필살!'을 외쳤다.

플레이어들을 죽음의 공포에 몰아넣었던 속성의 탑 11층은 루시아와 라비트의 내기 현장으로 전락하고 말았다.

결국, 최후의 승자는 라비트인 듯했다.

"마흔셋. 92콤보 기록이오."

이쯤 되니 자신의 승리인 것이 분명해 보였다.

라비트가 잠시 거드름을 피우는 사이.

[스킬, 인피니티 샷을 사용합니다.]

탕! 탕! 탕! 탕!

루시아의 권총의 총구가 불을 뿜었다.

루시아가 무표정한 얼굴로 말했다.

"마흔다섯. 99콤보."

엘렌은 루시아를 오래 관찰해 왔다. 그래서 이제는 알 수 있다.

'루시아는⋯⋯.'

분명 엄청 좋아하고 있었다. 무표정한 척하는데 티가 다
난다.

적어도 엘렌이 보기에는 그랬다.

엘렌은 속으로나마 루시아에게 조언을 건넸다.

'루시아, 무표정을 연기하는 연습을 더 해야겠습니다.'

그런 엘렌을 신희현이 쳐다보며 씨익 웃었다.

'너 지금 너는 무표정 잘 짓는다고 생각하고 있지?'

그 말을 굳이 입 밖으로 내지는 않았다.

엘렌은 지금 조금 상기되어 있었다. 마치, 자신이 무표정
을 훨씬 잘하고 있다는 듯.

어쨌든 플레이어들의 황당함 속에 속성의 탑 11층이 클리
어되었다.

[속성의 탑 11층. 클리어 완료되었습니다.]

[속성의 탑 밖으로 이동합니다.]

그날, 많은 사람이 울었다.

신강철의 여자 친구 이수연이 신강철에게 달려와 안겼다.

"이 나쁜 놈아!"

신강철은 당황했다.

어, 어, 이게 아닌데.

황급히 주위를 둘러봤다.

희현이 형은 그렇다 치고, 희아 누나가 재미있다는 듯 눈을 가늘게 뜨고 보고 있다.

이수연은 펑펑 울었다.

"나 속 타서 죽는 꼴 보려고 그래!"

"어, 어. 그게……. 미안."

이제 갓 10대에 불과한 신강철은 우는 여자 친구를 어떻게 달래야 할지 감이 오지 않았다.

신희아는 킥킥대고 웃었다.

"오호라. 내 사촌 동생. 연애를 시작했다 이거지? 아, 나는 나를 위해 울어주는 사람 누구 없나? 부럽네, 부러워."

신강철의 얼굴이 빨개졌다.

탑 안에 갇혔던, 더 정확히 말하자면 34일간 실종되었던 플레이어들이 살아 돌아오자 사람들은 축제 분위기에 휩싸였다.

물론 아닌 사람들도 있었다.

몇몇은 기뻐서 울었지만 또 몇몇은 슬퍼서 울었다.

"우리 강현이가……."

최상위급 플레이어 약 14명이 속성의 탑 11층에서 목숨을 잃었다.

사람들은 그들을 추모했다.

그와는 별개로 빛의 성웅에 관한 기사도 쏟아져 나왔다.

-빛의 성웅, 11층을 단독으로 휩쓸어.

-11층을 단신으로 클리어한 빛의 성웅의 위엄.

이번에는 '빛의 성웅 팀'도 아니고 빛의 성웅 혼자서 이런 쾌거를 이루어 냈다고 했다.

최용민과 김상목은 얘기를 나눴다.

김상목이 말했다.

"몇 달 전보다 훨씬 더 많이 강해졌어."

"자존심 많이 상했겠네."

"자존심 상할 거 뭐 있냐? 그냥 더 멀어진 거 같아서 씁쓸하지."

김상목은 피식 웃었다.

또 느낀다. 많이 따라왔다 생각했는데 또 멀어진 이 느낌.

"뭐, 소고기 한 근 정도만 먹고 또 기운 차려서 레벨 업 해야지. 나 지금 레벨 490 넘는다."

"그런 네가 포함되어 있는, 플레이어들이 고전하던 11층을 빛의 성웅이 클리어했지."

"모르긴 몰라도 레벨 500을 넘어가면서부터 어떤 벽이 깨지는 것 같아. 빛의 성웅이 강하다는 것을 감안하고 생각한 다 하더라도 너무 강해."

한편, 신희현은 탁민호와 만남을 가졌다.

탁민호는 괜히 긴장이 됐다.

왜 빛의 성웅이 자신을 따로 불러냈을까.

신희현이 먼저 말했다.

"헬파이토 강화석과 르템포 강화수, 구했습니까?"

"……예."

전에 말해줬었다. 헬파이토 강화석과 르템포 강화수를 사용하여 클라톤의 반지를 강화하라고.

탁민호는 눈에 불을 켜고 그 두 가지 아이템을 찾았으며 강화에 성공했다.

"특별한 스킬을 부여하더군요."

"지치지 않는……입니까?"

"……예."

탁민호는 신희현을 쳐다봤다.

어떻게 그러한 조합을 알고 있는 건지, 어떻게 그것일 미리 파악하고 있는 건지.

답은 하나밖에 없었다.

"미리 만들어 보신 겁니까?"

"……예, 뭐 대충."

클라톤의 반지는 '지치지 않는'이라는 특수 스킬을 부여한다. 체력과 마력 소모를 획기적으로 줄여준다. 길잡이에게는 보물이나 다름없었다. 적어도 탁민호가 느끼기에는 그랬다.

탁민호가 감사를 표했다.

"정말 감사합니다. 이렇게 귀한 것을 알려주셔서."

"그림자 암살자 생성 조건, 파악했습니까?"

"……."

탁민호는 아무런 말도 하지 못했다.

신희현은 대답을 기다렸다. 지략가 탁민호라면 파악을 했을 확률이 높다.

한참의 시간이 흘렀다. 탁민호가 입을 열었다.

"30초 내, 4명의 플레이어가 뒤를 돌아보면 그림자 암살자가 생성되었습니다."

"그랬군요."

역시 탁민호다. 파악하고 있었다.

'그것을 일부러 말하지 않았겠지.'

만약 그것을 밝혀서 놈들에게 제대로 된 반격을 했다면, 그림자 암살자들이 몰려들 테니까.

탁민호는 나름대로 합당한 선택을 했던 거다.

'역시 탁민호는…….'

제대로 성장하고 있다.

최대한 피해 없이, 만약 피해가 발생한다면 그 피해를 최소화하는 것이 길잡이의 의무다.

그런 의미에서 탁민호는 그 의무를 성실히 이행했다고 할 수 있다.

차라리 한 명씩 플레이어를 잃는 것이 더 효율적이니까.

모두를 살리려다가 모두를 죽일 수도 있다.

길잡이라면 그런 일을 피하는 게 맞다.

'탁민호, 김상목, 그리고…….'

이형진을 비롯한 최상위급 플레이어들.

많이 걱정하기는 했지만 빠르게 성장하고 있다. 그것을 확인했다.

'아직은…….'

아직은 아탄티아를 준비할 때다.

아탄티아를 위해 '토닉스'를 얻어야 했고, 토닉스는 '평화의 섬'에서 구할 수 있다. 그것을 얻기 위해서는 탁민호가 필요할 거고.

신희현이 물었다.

"다음 던전에 함께하시겠습니까?"

"다음 던전이요……?"

"예, 평화의 섬입니다."

"들어본 적 없는 던전입니다."

물론 그렇다. 아직 오픈되지 않았으니까.

신희현이 여유롭게 말했다. 마치 거절해도 상관없다는 듯.

사실상 신희현은 탁민호가 필요하다. 하지만 겉으로는 안

달내지 않았다. 언제나 그렇듯 허세를 부렸다. 엘렌이 생각하기로는 '빛의 허세'쯤 되겠다.

"강요는 아닙니다."

"긍정적으로 생각해 보겠습니다."

그리고 신희현은 강유석과도 만남을 가졌다.

"유석아, 너 이번에……."

수호신 각성을 한 것 같았다. 그래서 물었다.

"어떻게 된 거야?"

강유석이 대답했다.

"초월자의 영역에 들어섰어요. 그리고…… 제 수호신이 눈을 떴어요."

고개를 떨궜다.

"……죄송해요."

"네 잘못이 아냐."

이번에는 어쩔 수 없었다. 신희현도 그걸 안다.

신희현은 강유석의 레벨을 확인했다. 레벨 500이 되지 않았다.

'아직은 컨트롤이 가능해.'

강유석이 아무리 날고 기어도 지금의 자신을 이길 수는 없다. 하지만 대비책은 필요할 것 같았다.

'하지만 아주 만약의 경우를 대비해서…… 대비책은 필요하겠지.'

지금 당장은 어떤 대비책이 있는지 떠오르지 않았다.

'뭔가, 방법이 있을 거다.'

그때까지는 몰랐다. 그토록 기다리고 있는 '평화의 섬'에 생각하지 못했던 대비책이 숨겨져 있을 줄은.

신희현은 혼자서 생각에 잠겼다.

'푸른 나비 떼는 언제 움직이는 거지?'

그건 아직 모른다. 하지만 준비할 건 해야 했다.

"유석이 너는 인천에 가 있어."

강유석에게 뭔가를 얘기했다.

강유석이 고개를 끄덕였다.

"알았어요."

그리고 며칠이 흘렀다. 신희현이 기다리고 있던 소식이 전해졌다.

푸른 나비 떼에 관한 소식이었다.

8장
평화의 섬

이 세계는 과거와 많이 달라졌다.

—레벨 140대의 초중급 몬스터 푸른 나비 떼가 서쪽으로 이동하는 현상이 발생하였습니다.

몬스터가 여기저기서 나타나는 것은 이제 예사다.

몬스터가 죽으면 마력석을 드랍한다. 이 마력석이라는 것은 거의 만능처럼 여겨지고 있다.

발전을 할 때에 그 효율을 수십 배로 높여주기도 하고, 합금을 만들 때에 그 비용을 획기적으로 줄여주기도 한다.

신희현이 처음에 예상했던 대격변 이후의 '황금기'는 없었지만, 그래도 과거 '황금기'의 문명을 아예 누리지 못하고 있는 건 아니었다.

분명히 마력석은 드랍이 되고 있고, 그것은 인간 생활에 커다란 영향을 끼치고 있다는 건 틀림없는 사실이었으니까.

−푸른 나비 떼의 숫자는 억 단위에 이를 것이라 추정이 되며…….

신희현이 씨익 웃었다.

'이제 평화의 섬이 오픈될 때다.'

서해로 이동했다.

신희현의 예상은 맞았다.

시스템상의 큰 줄기는 변하지 않는다.

'푸른 나비 떼의 대규모 이동.'

그 이후에 평화의 섬이 발견된다.

'탁민호가 발견했던 던전.'

그리고 아탄티아 던전을 클리어할 단초인 '토닉스'를 보상으로 주는 곳.

세세한 내용이 바뀔 뿐.

그런 의미에서 '평화의 섬' 오픈은 예정된 것이었다.

물론 던전 입구에 '평화의 섬'이라는 푯말 같은 게 친절하게 붙어 있는 건 아니었다.

탁민호가 물었다.

"이 인원이면 되겠습니까?"

"더 이상은 커버하기 힘듭니다. 지금 우리에겐 길잡이가 둘뿐이니까요."

"길잡이의 역할이 중요한 던전인가 보군요."

신희현이 고개를 끄덕였다.

"아마도 그렇습니다."

예……? 아마도요?

탁민호는 되묻고 싶었다.

아니, 그래도 아마도라니.

아마도라는 건 어디까지나 가능성이 있다는 말 아닌가.

제발, 아마도가 아니라 그렇다고만 말해줘.

괜히 울고 싶어졌다.

신희현에게 알림이 들려왔다.

[던전, '평화의 섬'을 발견하였습니다.]

탁민호를 힐끗 쳐다봤다.

'탁민호라면 잘할 수 있을 거다.'

그리고 반드시 잘해줘야만 했다. 최후의 던전에서 그가 반드시 필요할 테니까.

그래서 일부러 데려오기도 했다. 육성도 시킬 겸, 겸사겸사.

[평화의 섬에 입성합니다.]

풍경이 바뀌었다. 아무것도 없는 평원이었다. 지평선이 보일 정도로 넓은 평원.

'하나는 확실히 아는데.'

탁민호를 데려온 이유가 육성을 위해서만은 아니었다.

두 개의 동굴이 나타날 거다. 그건 확실했다. 왜냐하면 두 개의 동굴 중 하나를 자신이 클리어했으니까.

'하나는 어떨지.'

그리고 다른 하나의 동굴은 과거의 탁민호가 클리어했었다.

생각해 보면 참 재미있게 됐다.

과거에는 탁민호가 먼저 발견하여 자신을 비롯한 몇몇 길잡이를 섭외하여 이곳을 클리어했었다.

그런데 지금은 반대가 됐다. 자신이 이곳을 발견했고 탁민호를 데리고 들어왔다.

'그러고 보니 그때……'

그때 강유석이 있었다. 이름을 떨치기 전이었다. 그때는 그냥저냥 평범한 플레이어였었다.

강민영이 말했다.

"오빠, 뭔가가 나타나고 있어."

몬스터가 생성될 때 나타나는 특유의 일렁거림.

그 숫자가 굉장히 많았다.

빛의 성웅 팀도, 탁민호도 긴장했다.

속성의 탑 11층을 경험했다. 자신들의 레벨이 높아지기는 했지만 몬스터들 역시 강력해지고 있다. 마음을 놓을 수는 없었다.

그들은 그렇게 생각했다.

다만 한 명만 긴장하지 않았다.

"모두 긴장 풀어."

의사 전달의 편의를 위해 던전을 클리어하는 동안 리더가 모든 플레이어에게 반말을 하는 건 일종의 암묵적인 룰이다.

탁민호는 울고 싶었다.

'어떻게 긴장을 안 합니까?'

그냥 바라만 봐도 오줌이 찔끔찔끔 나올 것 같은 사나운 눈매를 가지고 있는 검은 코뿔소와 검은 물소들이 보였다.

눈동자가 없었다. 그냥 흰자위만 있다. 그리고 몸에서는 검은색 오오라 같은 것을 뿜어댔는데, 척 봐도 범상치 않은 몬스터임에 틀림없었다.

다행히 빛의 성웅 팀의 막내 신강철이 탁민호의 마음을 대변해 줬다.

"아니, 형. 쟤네 엄청 세 보이는데……."

신희현도 안다.

저 몬스터들은 강하다. 특히나 몸에서 저런 '기' 형태의 아지랑이를 피워내고 있는 몬스터들은 최소 아탄티아 던전급에서나 나오는 몬스터이다.

[이름: 블랙 야크]

[레벨: 491]

[현재 상태: '온순', '평화']

[특이점: 평화의 섬에서만 서식하는 몬스터.]

초감각과 레벨 디텍터를 사용했다.

그것을 연계하는 스킬은 '개척'이다.

언제나 그렇듯, 블랙 야크에 대한 정보가 머릿속에 흘러들어 왔다.

블랙 야크와 블랙 라이노라는 이름을 가진 저 몬스터들은 레벨이 490대였다.

"물소처럼 생긴 것이 블랙 야크. 코뿔소처럼 생긴 것이 블랙 라이노."

"……."

"이동할 거야."

신희현이 먼저 걸음을 옮겼다.

"긴장하지 말고. 천천히 일렬로 나를 따라와."

"오빠……?"

강민영이 신희현을 쳐다봤다.

그녀 역시 조금 걱정이 되는 모양이다.

그럴 수밖에 없다. 눈앞에 펼쳐진 광경은 그녀라고 해도 긴장할 수밖에 없는 광경이었으니까.

탁민호가 상황을 파악했다.

'블랙 라이노가 약 200여 마리, 블랙 야크가 약 400여 마리.'

만약에 저놈들이 공격이라도 한다면?

그럼 답이 없다. 속성의 탑 11층은 아무것도 아닐 정도의 난이도가 되고 말 거다.

'지금 당장 공격 징후는 없어.'

선제 공격형 몬스터가 아니라는 소리다.

하지만 그렇다고는 해도 저 몬스터 무리를 뚫고서 지나갈 생각을 하다니.

'아무래도 빛의 성웅은 제정신이 아냐.'

제정신은 아닌데, 너무나 제정신처럼 보여서 문제다.

빛의 성웅 팀은 긴장을 하면서도 신희현을 따라 걸었다.

블랙 야크와 블랙 라이노는 힐끗힐끗 빛의 성웅 팀을 쳐다봤지만 별다른 반응을 보이지는 않았다.

신희현이 한 번 더 주의를 줬다.

"절대로 놈들을 자극하지 마."

490대의 몬스터들.

물경 천에 가까운 놈들이 소란을 피우면 아무리 그라 해도 감당할 자신이 없다.

과거를 떠올렸다.

'여기서 플레이어 400명이 죽었지.'

가만히 있는 놈들을 자극했다가 300명이 죽었다. 밤이 된 후 100명이 더 죽었다. 약 400명의 사망자가 바로 이곳에서 발생했었다.

그것을 토대로 신희현이 그 나름대로의 작전을 짠 거다.

지금의 이 방법은 과거에 써먹지 못했던 방법이다. 시간이 지나고 난 뒤 '아, 그랬으면 좋았을걸' 하고 생각했던 방법. 다행히 그 방법이 잘 통하고 있는 중이다.

'길잡이라면 이런 선택도 할 수 있다는 걸 알아둬야 할 겁니다, 탁민호 씨.'

굳이 그걸 말로는 하지 않았다. 탁민호라면 말로 하지 않아도 스스로 체득할 수 있을 테니까.

신희현이 걸음을 멈췄다.

"잠깐 정지."

그들이 움직임을 멈추자 근처의 블랙 야크와 블랙 라이노 수십 마리가 신희현 일행을 쳐다봤다.

신강철은 신희아의 팔에 약간 매달리다시피 했다.

"으…… 넘나 무서운 것."

"나, 나는 하, 하나도 안 무서워. 누나니깐."

신희현이 주위를 둘러봤다. 땅을 주의 깊게 살폈다.

'토질이 달라지는 곳.'

토질이 달라지는 곳이 있다. 그곳으로 움직이면 변화가 일어날 거다.

'여기다.'

자세히 살피지 않으면 모른다. 토질이 달라진다고 해봐야 미세한 차이만 있을 뿐이다. 흙의 입자가 더 부드러워진다.

"여기서 대기할 거야."

그리고 시간이 흘렀다.

각자가 지르는 비명은 각양각색이었다.

"으아아악!"

"꺄아악!"

"으헉!"

자기는 누나라며, 전혀 무섭지 않다며 허세를 부리던 신희아는 어느새 신희현에게 안겨서 거의 울먹거렸다.

"무, 무서웠어."

갑자기 땅이 하늘로 치솟아 올랐다. 커다란 기둥 하나가 솟아오르듯 말이다.

산 위에 올라온 것 같은 느낌이 들었다. 평원이 저만치 아래에 보였다.

탁민호는 식은땀을 흘렸다.

'저 수많은 몬스터 무리를 뚫고 여기까지 온 건가.'

이건 어지간한 강심장이 아니면 못할 일이다.

그나마 빛의 성웅이라는 걸출한 길잡이가 있어서 올 수 있었지 아니었다면 엄두조차 내지 못했을 거다.

노을이 지기 시작했다. 하늘이 붉어졌다.

"우리는 전투를 준비할 거야."

강민영이 고개를 갸웃했다.

"여기서?"

이곳은 원형 기둥 위다. 높이는 약 120미터 정도, 지름 약 300미터 정도 되는 원기둥 위.

이곳에는 몬스터도 없다.

"날개가 네 장 달린 괴물이 나타날 거야. 이름은 세피로."

영체화 상태의 엘렌이 흠칫 놀랐다. 굳이 영체화를 풀었다.

강민영의 파트너인 험머는 숨을 죽이고 킥킥 웃다가 엘렌과 눈이 마주쳤다.

"아, 아닙니다요. 저는 그런 불경한 생각 안 했습니다요. 누님 같은 몬스터가 어디 있겠습니까요?"

신희현이 설명을 이었다.

"주황색 날개 네 장. 인간과 비슷한 형태의 상체를 가지고 있어. 다만 다리가 독수리 형태이고 얼굴도 독수리와 비슷해."

대체적인 레벨은 약 300대. 약한 몬스터다. 하지만 반드시 놈들을 잡아야 했다.

"레벨이 낮고 약하지만 반드시 놈들을 잡아야 해. 왼쪽 가슴 부위에 심장이 있으니까 최대한 즉사시키도록 하고."

시간이 좀 더 흘렀다. 점점 더 어두워졌다.

신희현이 드럼통을 꺼냈다. 장작도 넣었다. 불을 지폈다.

'놈들의 시선을 좀 더 끌 수 있겠지.'

탁민호도 뭔가를 꺼냈다.

"바이제논 라이트탄입니다."

신희현이 고개를 끄덕였다.

'바이제논 라이트탄'은 길잡이 전용 아이템으로 주위를 약 10분 정도 밝게 만들어주는 아이템이다. 시야가 확보되어 있지 않을 때 사용하면 매우 좋다.

어두워졌다. 밤이 됐다.

밤이 되자 저만치 아래에 있는 블랙 야크와 라이노들의 몸에서 뿜어져 나오는 기운이 검은색이 아닌 붉은색으로 보였다.

강유석이 고개를 절레절레 저었다.

"징글징글하네요."

밤의 어둠과 합쳐져 검붉은 색처럼 보이는 그것은, 검붉은 색 물결 같았다. 어마어마한 숫자가 아래에 모여 있으니까.

그때, 탁민호가 발견했다.

"세피로가 나타났습니다."

신희현이 바로 루시아를 소환했다. 동시에 윈더도 소환했다.

"루시아, 윈더."

명령을 내렸다.

'모두 죽여. 일격에 끝낸다.'

그와 동시에 한 명의 소환 영령과 하나의 상급 정령이 스킬을 사용했다.

[스킬, 백린탄을 사용합니다.]

[스킬, 윈드 브레이커를 사용합니다.]

탁민호는 조금 황당해졌다.

'아니, 저럴 거면 왜 준비들 하라고 했대?'

[4콤보]

[5콤보]

[6콤보]

거기에 한 방에 한 마리씩 정확하게 죽이고 있다.

순식간에 7마리가 죽어 나갔다.

이제 남은 세피로는 겨우 한 마리. 그건 강유석이 처리했다.

변화는 거기서 끝이 아니었다.

저만치 아래 붉은빛과 상반되는 푸른빛이 보이기 시작했다. 지평선 끝에서부터 보이기 시작한 그것이 점점 더 몰려들었다.

탁민호가 물었다.

"라이트탄 사용할까요?"

"예."

저만치 아래에 라이트탄을 터뜨렸다.

번쩍!

빛이 뿜어졌다. 주위가 대낮처럼 밝아졌다. 탁민호는 입을 쩍 벌렸다.

"저게 도대체……."

블랙 야크와 블랙 라이노는 초식동물계 몬스터다. 하지만 저만치 멀리, 지평선 끝에서 몰려오고 있는 다른 몬스터들은 육식동물계다.

초식동물계 몬스터와 육식동물계 몬스터 사이에 전투, 아니, 전쟁이 벌어졌다.

붉은 기운을 내뿜는 몬스터들과 푸른 기운을 내뿜는 몬스터들.

그들의 전쟁 속에서 탁민호는 새로운 사실을 하나 깨달았다.

신희현이 왜 세피로를 열심히 사냥하라고 했는지. 왜 지금도 세피로가 나타나는 족족 없애 버리고 있는지.

하나의 가능성이 머릿속을 스치고 지나갔다.

'아…… 설마……?'

그게 정말이라면.

'빛의 성웅은 정말…….'

몇 수 앞을 내다보고 움직이고 있는 건지 자신의 머리로는 이해할 수 없었다.

결국 궁금증을 참지 못한 탁민호가 먼저 물었다.

"설마 빛의 성웅께서는……."

탁민호는 하나의 가능성을 떠올렸다.

'육식동물계와 초식동물계.'

그런데 그 둘 모두 평범하지만은 않다.

뭐랄까. 서로가 서로에게 익숙한 느낌이며 이러한 싸움을 많이 해왔던 것 같은 느낌.

'서로 천적 관계.'

육식동물계 몬스터라고 해서 초식동물계 몬스터보다 항상 강한 것이 아니다. 언제나 그렇듯 상성이라는 게 존재한다.

'어쩌면 세피로는…….'

육식동물계 몬스터의 정보원 같은 것일 수도 있겠다는 생각이 들었다.

몬스터들이 그럴 리 없다고 생각은 하면서도 신희현의 행동은 그걸 가리키고 있었다.

"세피로를 죽이라 말씀하신 건, 세피로가 그들의 눈이기 때문입니까?"

"예, 뭐. 대충."

저 빛의 성웅은 뭐가 그리 다 맨날 대충인지 모르겠다. 대충 뭘 챙기는가 싶으면 인벤토리에서 뭐든지 다 나타나고, 대충 뭘 한다 싶으면 뭐가 완벽하게 이루어진다.

아무래도 빛의 성웅에게서 약간 사기꾼 같은 느낌이 좀 나는 것 같은 기분도 들었다.

왜 그런 거 있지 않은가.

'나 공부 하나도 안 했어. 시험 망할 것 같아'라고 말을 해놓고, 막상 시험 때가 되면 100점 맞는 얄미운 친구 같은 모양새랄까.

실제로 대충 공부했는지, 안 했는지, 열심히 했는지 알게 뭐란 말인가.

탁민호는 아래를 계속해서 주시했다.

'세피로가 사라지자 놈들의 움직임이 둔화되었고……'

전력이 많이 약화됐다. 마치 눈을 가려 버린 것 같았다. 현재 상태는 육식동물계 몬스터들이 조금 더 우세한 것처럼 보였다.

신강철이 말했다.

"쟤네 다 잡아먹히는 거 아냐?"

탁민호는 속으로 고개를 저었다.

'아니.'

다른 플레이어가 보기엔 어떨지 몰라도 탁민호가 보기엔

절대 아니었다.

지금은 육식동물계 몬스터들이 우세를 점하고 있지만.

"아니."

신희현의 목소리였다.

"이대로 두면 자멸하겠지."

그냥 그대로 둘 생각은 없다. 루시아와 라비트를 소환했다.

"교감 커넥션."

교감으로 둘을 이었다.

신희현이 커맨더가 됐다.

탁민호는 빛의 성웅이 뭘 하고 있는지 알 수 있었다.

지금 빛의 성웅은 두 명의 소환 영령을 적절히 활용하여 전력을 맞춰주고 있었다.

수천에 이르는 무리 속에 단 두 명의 힘이 어느 정도 작용할까 싶었지만 그렇지만도 않았다.

'역시 빛의 성웅이다.'

엄청나게 효율적인 움직임을 보이고 있다.

특히나 루시아의 경우, 원거리 딜러로서의 장점을 완벽하게 발휘하고 있었다.

'균형을 맞추고 있다.'

이 모습은 마치.

'어쩌면…….'

그의 상상은 현실로 드러났다.

"이제 놈들을 사냥할 거야."

탁민호는 순간 할 말을 잃었다.

속성의 탑 11층에서 몬스터들을 한 공간 안으로 밀어 넣을 때보다도 더 놀랐다.

지금 그는 육식동물계 몬스터의 눈을 없애 버린 뒤, 소환 영령을 통해 밸런스를 조절하고.

'육식계와 초식계 모두 거의 초죽음 상태다.'

물론 아닌 놈들도 있다.

"루시아."

루시아가 인피니티 샷을 발사했고.

"라비트."

라비트가 일격필살! 하고 스킬명을 외치는 소리가 터져 나왔다.

개중 멀쩡한 놈들은 신희현이 도맡아서 처리했다.

그리고 나머지는 빛의 성웅 팀이 맡아서 일사분란하게 움직이기 시작했다.

강민영의 불 폭풍과 불 수레가 주위를 휩쓸고, 그에 전혀 영향을 받지 않는 영향권 내에서 강유석의 '폭포수'가 놈들을 집어삼켰다.

서로 간의 싸움 때문에 지칠 대로 지쳤고 다칠 대로 다친 몬스터들이다. 잡기는 그렇게 어렵지 않았다.

길잡이인 탁민호는 빛의 성웅과 마찬가지로 뒤에 빠져서

구경만 했다.

'그래, 맞아. 이 사람도 길잡이지.'

길잡이치고 너무 무적이라는 게 좀 이상하긴 하지만.

하여튼 빛의 성웅도 본래 클래스는 길잡이라고 했다.

원형 기둥 밑은 반짝거리는 보석으로 가득 차게 됐다.

어림잡아도 5천 마리 이상의 몬스터를 한꺼번에 잡아버렸다.

신희현도 빛의 성웅 팀도 모두 지쳤다.

탁민호는 알고 있었다.

'처음부터 상대했다면 전멸이었을 거다.'

초식동물계 몬스터들과 싸우고, 밤이 되면 육식동물계 몬스터들과 싸웠을 거다. 그랬다면 이 인원으로는 절대 클리어하지 못했을 거다.

그런데 지치지 않은 한 명이 있었다.

"이젠 제가 움직이겠습니다."

엘렌의 날개가 활짝 펼쳐졌다.

공략의 방에서는 천사라고 불리며 추앙받는 존재인 엘렌이다.

아름답기로는 세상에서 둘째가라면 서러울 그녀가 굉장히 희미하게 웃었다.

탁민호는 엘렌의 미소를 처음 본다.(탁민호도 길잡이다. 눈썰미가 굉장히 뛰어나다. 그래서 엘렌의 미소를 캐치할 수 있었다.)

'아…….'

도대체 엘렌이 왜 웃고 있는 걸까. 파트너의 이 위대한 성취에 천사마저도 기쁨이 넘쳐 나는 것인가.

그렇게 생각했는데.

"아이템은 제가 모두 수거하겠습니다. 모두 쉬십시오."

이상하게도 천사 엘렌이 기뻐 보였다.

탁민호는 고개를 저었다.

'착각이겠지.'

원형 기둥 위.

간소화 주머니를 사용하여 마력석과 아이템들을 수거한 엘렌은 이제 영체화 상태로 복귀했다.

신희현은 길잡이 전용 스킬인 '안전지대 확보'를 통하여 세이프티 존을 만들었다.

시스템이 정해놓은 세이프티 존처럼 완벽하지는 않지만 그냥 노숙하는 것보다는 훨씬 나았으니까.

"날이 밝으면 움직일 겁니다."

그의 인벤토리에서는 텐트도 나오고 식량도 나왔다.

물론 탁민호도 기본적인 것들은 다 챙겨 왔다.

물은 강유석이 공급했다. 불은 강민영이 제공했고.

날이 밝았다.

어젯밤 너무 어두워서 미처 회수하지 못했던 아이템들을 향해 엘렌이 6장의 날개를 활짝 폈고, 모든 아이템을 수거할 수 있었다.

신희현이 원하는 아이템은 없었다.

당연하다. 그가 지금 원하는 아이템은 '토닉스'다. 토닉스는 보스 몬스터를 잡아야 주어지는 보상이다.

신희현이 말했다.

"이동합니다."

앞장서서 걸었다.

어느 순간, 플레이어들이 인지하지 못하는 사이, 거대한 절벽이 플레이어들을 가로막았다.

신강철은 깜짝 놀랐다.

"잉?"

분명히 대평원이었는데. 이런 게 언제 생겼나 싶다.

던전이란 게 원래 말도 안 되는 일이 시시각각 벌어지는 곳이니까 이제는 그러려니 했다.

"형, 여기 동굴이 있는데?"

두 개의 동굴이 보였다.

하나는 넓고 커다란 입구를 가졌고, 다른 하나는 사람 둘 정도가 겨우 통과할 수 있을 정도의 협소한 입구가 보였다.

"그러네. 잠시 여기서 기다려. 탁민호 씨만 저를 따라오시죠."

신희현은 이곳을 너무나 잘 알고 있다. 이 중 한 곳, 저 좁은 입구를 가진 동굴을 그 자신이 클리어했었으니까.

아직도 그때의 기억이 생생했다.

그때의 기억을 떠올리는 것을 잠시 뒤로 미루고 일단은 조사하는 척을 한번 했다.

신희현이 물었다.

"탁민호 씨, 뭔가 발견했습니까?"

발견할 거다. 왜냐하면 탁민호가 이곳을 가장 먼저 발견했었으니까.

그 당시의 탁민호보다 레벨이 더 높다. 실전 경험은 그때와 비교해서 조금 떨어질지 몰라도 탁민호의 기본적인 능력은 이곳의 비밀을 파악하기 어렵지 않을 수준일 거다.

"예."

탁민호의 표정이 어두워졌다.

'저 표정. 오랜만에 보네.'

그때도 저랬었지.

기억이 난다. 당시 길잡이들을 이끌던 탁민호. 그때도 그는 저런 표정을 지었었다. 고뇌에 가득 찬 표정.

신희현이 또 물었다.

"어떻습니까?"

"이곳은 길잡이 전용 동굴입니다. 길잡이만 들어갈 수 있습니다. 길잡이의 역량에 따라 클리어가 진행됩니다."

"제가 파악한 것도 그렇습니다."

동굴 근처에 눈으로는 제대로 탐지되지 않는 작은 돌이 있다.

단순히 안 보이는 게 아니다. 일종의 결계로 가려져 있다. 길잡이가 아니면 찾아내지 못할 거다.

그것을 만지면 TIP 알림이 들려온다.

신희현이 어깨를 으쓱했다.

"그렇다면……."

그렇다면 이번에 탁민호 씨, 아니, 민호 형. 형의 선택은 과거와 같을까?

'같지 않다면…….'

같지 않다면 조금 실망할지도 모르겠다.

보통 이러한 경우 넓은 입구를 가진 쪽이 훨씬 쉬운 경우가 많다.

모두 그런 건 아니다. 확률상으로 넓은 입구를 가진 곳이 더 쉽다.

그리고 아마 길잡이 특유의 감이 있다면, 저 넓은 쪽이 더 쉽다는 건 자명한 사실이다. 초감각을 통해 느껴 봐도 그렇고, 탁민호에게도 특유의 스킬이 있을 거다.

'당연히 넓은 길을 선택해야겠지.'

신희현이 선택권을 넘겼다.

"먼저 선택하십시오. 길은 두 개. 길잡이도 두 명. 탁민호

씨가 먼저 선택하면 제가 다른 곳을 선택하겠습니다."

합리적인 판단을 한다면 탁민호가 쉬운 곳을 가야 한다. 그게 길잡이로서 맞는 선택이다.

어쩌면 비겁해 보일지도 모르지만, 길잡이라면 그래야 할 때도 가끔은 있는 법이다.

객관적인 실력에서 둘은 차이가 많이 난다. 신희현이 훨씬 실력이 뛰어나다. 그래서 신희현에게 어려운 길을 가라고 하는 게 맞다.

하지만 일부 길잡이의 경우, 그러지 못하는 경우가 많다.

아니, 그런 경우가 대부분이다. 상대에게 미안해서일 수도 있고, 상대의 강함에 억눌려서 어쩔 수 없이 선택할 수도 있다.

이처럼 빛의 성웅 팀이 모여 있을 때에는 팀원들의 눈치가 보여서라도 자신이 어려운 길을 자처할 수도 있다.

결국 탁민호가 입을 열었다.

"제가 이곳을 선택하겠습니다."

강민영은 안 된다고 말하고 싶었다.

신희현이 어련히 알아서 잘하겠지만 그래도 걱정되는 건 걱정되는 거다. 조금이라도 더 쉬운 길 가면 좋겠다고 생각하고 있다.

'오빠가 만드는 길은……'

충분히 합리적이다.

애써 마음을 다잡았다.

'내가 아는 오빠라면 조금 더 어렵다고 해도 괜찮을 거야. 오빠니까.'

그래서 별다른 잔소리를 하지 않았다.

애인으로서 걱정되는 건 당연한 거고, 조금이라도 쉬운 길로 가게하고 싶은 게 당연한 거지만 신희현에 대한 믿음이 그보다 훨씬 컸다.

신희현이 고개를 끄덕였다.

"옳은 선택입니다. 객관적인 상황을 종합해 봐도 제가 저곳을 가는 게 맞습니다."

실은 다르게 선택하면 어쩌나 걱정했다.

만약 다르게 선택했으면 탁민호에게 실망할 뻔했다.

두 가지 의미로 말이다.

한 가지는 '길잡이로서 옳은 선택을 하지 못했기 때문'이다.

그리고 또 한 가지는.

'나는 저기 이미 깨봤거든.'

그래서 저기 공략법을 이미 알고 있다.

한 번 경험해 본 것과 경험해 보지 못한 것은 큰 차이가 있으니까.

영체화 상태의 엘렌은 직감했다.

'빛의 사기꾼께서…….'

뭔가 또 사기를 치고 있는 기분이 들었다. 이젠 본능적으로 느껴진다.

저 빛의 사기꾼이 어떠한 사기를 치고 있을 때 엘렌은 그 것을 '빛의 사기'라고 부르기는 하는데, 어쨌든 신희현은 사기를 칠 때 특유의 어떤 기운이 느껴진다. 파트너인 엘렌만 느낄 수 있는 미묘한 기운이기도 했다.

예전에는 안 그랬는데.

'또 한 건 하셨다.'

엘렌의 날개가 아무도 모르게 활짝 펴졌다. 마찬가지로 영체화 상태인 험머가 고개를 갸웃했다.

"엘렌 누님, 왜 그러십니까요?"

"아무것도 아닙니다."

"뭔가 이상하게 기뻐 보이는데 말입니다요."

"전혀 그렇지 않습니다. 험머, 그대의 착각입니다."

하여튼 두 길잡이가 각자의 길을 선택했다.

신희현은 탁민호를 힐끗 쳐다봤다.

'이번에도 잘 클리어해 주겠지.'

그때와 비슷한 상황이다.

탁민호도, 자신도.

과거와 같은 곳을 걸어 들어가게 됐다.

'그때보다 실력이 더 높아졌으니 쉽게 나올 수 있을 거다.'

그렇게 확신했다.

알림이 들려왔다.

['마티아의 동굴'에 진입합니다.]

신희현 자신이 의도하고 짜 맞춘 대로 모든 것이 그렇게
흘러가는 줄 알았다.
그런데 예상하지 못했던 일이 하나 생겼다.

9장
빛의 사기꾼

마티아의 동굴에 들어왔다.

'오랜만이네.'

아, 이곳에 처음 들어왔을 때 정말 개고생했었지.

그때의 기억이 떠올랐다.

얼마 뒤 검은 털이 복슬복슬 난 강아지들, 얼핏 보면 말티즈와 비슷하게 생긴 검은 개들이 달려들 거다.

과거, 고대 신전에서 만났던 케르카스의 강아지 형태라고 볼 수도 있을 법한 몬스터들.

물론 피할 방법은 있다. 길잡이 전용이고, 길잡이들이 놈들과 정면으로 싸워서 이길 가능성 따윈 없으니까.

'여긴 심지어 일반 던전이야.'

마음이 한결 여유로워졌다.

히든 던전, 특히 '고대'와 관련된 던전은 극악의 난이도를 자랑한다.

신희현도 몇 번이나 죽을 뻔했고, 공략법을 찾지 못했거나 알지 못했다면 지금 이 자리에 있지도 못했다.

하지만 여긴 아니다. 여긴 일반 던전이다.

'노란 이끼도 그대로 있고.'

과거와 똑같았다.

'어디 한번.'

심심풀이 삼아 한번 벽면에 매달려 봤다.

랜턴을 입에 물었다.

노란 이끼와 랜턴의 불빛이 만나 반짝거렸다.

노란 이끼가 쭉 자라 있는 길이 보였다. 중간중간 길이 끊겨 있다.

'저길 뛰어 넘어가다가 죽을 뻔했었어.'

휴, 그때만 생각하면.

컹! 컹! 컹!

개 짖는 소리가 들려오기 시작했다.

'냄새.'

냄새도 익숙했다.

개과의 동물에게서 날 법한 냄새.

그런데 이 마티아들이 내뿜는 체취는 악취에 가까웠다.

놈들이 몰려들었다.

신희현은 현재 벽면에 매달린 상태.

과거의 향수에 젖어들어 있었는데, 놈들은 신희현을 보며 컹컹 짖어댔다.

'제왕의 발톱이 소용없나?'

제왕의 발톱이 소용없든지.

'그도 아니면 그마저도 느끼지 못할 만큼 약한 몬스터든지.'

레벨 디텍터를 사용해 봤다.

그래, 네놈들. 레벨이 몇쯤 되는데 예전에 날 그렇게 공포에 몰아넣은 거냐.

하고 봤더니.

[레벨: 381]

레벨이 300대였다.

그러니까 현재 신희현과는 레벨이 100 넘게 차이 난다.

'이거 정말 감회가 새롭네.'

그때와 상황은 똑같다.

벽면에 매달려 있다. 놈들은 노란 이끼의 냄새를 굉장히 싫어해서 아주 가까이 접근하지는 않았다.

간간히 뛰어오르는 놈들도 있었다.

신희현의 몸에 거의 닿을락 말락.

말하자면 피라냐가 우글거리는 강을 나무 판때기 하나에 의지해서 건너고 있는 느낌.

과거에는 그랬었다.

"웃차."

뛰어내렸다.

"겨우 레벨 380대 주제에 나를 그렇게 괴롭혔어?"

이제 재롱은 끝이다.

단도를 꺼내 들었다. 아무리 비전투 클래스라지만 레벨 격차가 100이 넘게 난다.

놈들이 달려들었다. 대미지는 거의 없었다.

놈들의 주된 공격은 강한 턱 힘을 바탕으로 깨무는 것.

그러나 소용없다. 1살짜리 갓난아기가 어른의 손가락을 문다고 해서 크게 다치지 않는 것과 비슷하다.

"루시아."

생각해 보니 단도를 휘둘러 대면 스트레스는 풀리겠지만 힘들 것 같다.

"네, 오빠."

교감을 통해 신희현의 생각과 느낌이 전해졌다.

루시아는 분노했다.

"감히 나의 오빠를."

루시아의 몸이 부르르 떨렸다.

신희현마저도 흠칫 놀랄 정도였다.

"모두 죽여주겠다."

시간이 흘렀다.

마티아들이 깨갱대며 도망쳤다.

만약 이 동굴을 설계한 누군가가 있다면 '어라, 이게 아닌데?'라며 당황했을지도 모를 일이다.

길잡이 전용 던전에서 길잡이가 깽판을 쳤다.

엘렌이 그걸 짚었다.

"신희현 플레이어, 이곳은 길잡이 전용 던전입니다."

"뭐가 어찌 됐든 클리어만 하면 되는 거 아냐?"

"……그건 그렇습니다만."

아니, 길잡이가 이래도 되는 건가 싶다.

"어차피 이 길 끝에 가면 클리어를 할 수 있을 테니까 쉽게 쉽게 가면 되지."

과거랑 똑같다.

탁민호는 키르빗 동굴에, 자신은 마티아의 동굴에 들어왔고 각자가 각자의 동굴을 클리어하면 된다.

비록 방법은 조금 달라졌지만 어쨌든 내용은 같지 않은가.

노란 이끼가 난 길을 따라 걸었다.

얼마 뒤 알림이 들려왔다.

[축하합니다!]
[마티아의 동굴을 클리어하였습니다!]

그때보다는 약간 더 좋은 보상이 떨어질 거라 기대했다. 훨씬 더 빠르게 클리어했으니까.

예전에는 자유 포인트가 하나 주어졌었다. 던전 내에 있는 작은 관문에서 주는 포인트치고는 굉장히 좋은 보상이었다.

아니나 다를까.

[노블레스 등급 클리어로 인정됩니다.]

이제는 새롭지도 않았다. 자유 포인트를 얻었다. 그것도 3개나. 다만 문제가 있었다.

'자유 포인트가 좋기는 좋은데…….'

제한이 있었다.

'레벨 500 이상은 사용이 불가하구나.'

예전에는 이런 조건이 있는지 몰랐었다. 이러한 이유로 TIP 알림을 활성화시킬 필요도 없었으니까.

그런 의미에서 신희현의 자유 포인트는 쓸모가 없는 포인트라는 소리다.

한편, 탁민호는 만신창이가 되어서 동굴에서 탈출했다.

"헉…… 헉…… 헉……!"

탈출하고 나서 그대로 누워 버렸다.

"주, 죽는 줄 알았다……."

신희현과 탁민호가 동굴에 들어갔을 때 강유석은 하늘을 계속 쳐다봤다.

강민영이 물었다.

"뭘 그렇게 긴장하고 있는 거야?"

"뭔가가 나타난다고 했어요."

"응?"

그 말은 사실이었다.

뭔가 거대한 것이 나타났다. 기린의 형태였다.

기린이긴 기린인데, 기린보다는 다리가 짧았고 머리카락 비슷한 털이 길게 자라 있었다.

몸에서는 붉은 기운을 뿜어냈다. 블랙 야크 같은 몬스터와 마찬가지로 몸에서 아지랑이가 피어올랐다.

강민영은 눈을 크게 떴다.

'세상에……'

기린 같은 형태인데 크기가 20미터는 넘는 것 같다. 굉장히 거대한 크기였다.

그런데 목소리가 들려왔다.

"맛있는 냄새가 나."

신강철이 주위를 둘러봤다.

어, 어라. 지금 설마.

목소리가 들렸다.

"저, 저 몬스터가 말을 한 거야?"

아무래도 그런 것 같았다.

몬스터가 또 말했다.

"푸른 나비의 냄새가 나. 나 줘. 그렇지 않으면 너희 모두 잡아먹어 버릴 테다."

강유석이 말했다.

"혹시 이것을 원합니까?"

인벤토리 내 상급 간소화 주머니에서 '푸른 나비의 날개'를 꺼냈다. 엄청나게 많은 양이었다.

신희아는 이것이 뭔지 알아차렸다.

"이건……."

저번에 억 단위에 이르는 푸른 나비 떼가 대규모 이동을 했다고 들었다. 그 뒤 그 몬스터들이 갑자기 사라졌다고 했는데 아무래도 강유석이 손을 쓴 것 같았다.

강유석이 그것을 마구 쏟아냈다. 억 단위에 이를 정도로 어마어마한 양.

"오오, 바로 그거야. 너희들 운이 좋구나."

알림이 들려왔다.

[카르티가 만족하였습니다.]

[카르티가 돌아갑니다.]

['배고픈 카르티' 퀘스트가 클리어되었습니다.]

그리고 눈앞에 수북이 쌓여 있던 푸른 나비의 날개가 사라졌다.

거대한 기린도 사라졌다.

신희아가 물었다.

"우리 오빠 스킬은 언제 익혔어?"

퀘스트가 떨어지기도 전에 퀘스트 물품을 다 갖춰놓고 NPC를 윽박질러 퀘스트를 받은 다음 받자마자 퀘스트를 클리어하는 거. 어디서 많이 봤다 했더니 친오빠가 그랬었다. 친동생인 그녀가 봐도 좀 사기에 가까웠다.

막상 당사자인 강유석도 얼떨떨했다.

'응……?'

지금 뭐가 일어난 거지.

신희현이 시키는 대로 했는데 뭔가 나타났고 뭔가 알림음이 들리는가 싶더니 퀘스트가 클리어됐다.

강유석이 뒤통수를 긁적거렸다.

"그, 글쎄. 나, 나도 잘 모르겠네."

그냥 희현이 형이 시키는 대로 했을 뿐인데 갑자기 퀘스트가 생성되고 그와 동시에 퀘스트가 클리어되지 않았는가.

당사자인 그도 황당했다. 황당함과는 별개로 보상이 주어졌다.

['카르티 섬의 열쇠'가 주어집니다.]

['카르티 섬의 열쇠'는 1개가 주어집니다.]

랜덤으로 주어지게 되는지 열쇠는 강유석의 인벤토리에 귀속됐다.

'아…… 이게 클리어되고 있는 느낌이네.'

신희현이 말했었다. 앞 퀘스트에서 다음 퀘스트와 연관된 어떤 아이템을 준다면 제대로 클리어를 하고 있는 거라고.

뭐랄까. 조금 안심이 되는 느낌이 들었다. 정석대로 따라가는 느낌이랄까.

그때, 신희현이 모습을 드러냈다.

신희현은 상황을 빠르게 파악할 수 있었다.

"카르티가 왔다 갔지?"

역시 생각한 게 맞았다.

과거, 흘려들었더라면 이토록 쉽게 퀘스트를 이어 나가지 못했을 거다.

그 거대한 몬스터가 푸른 나비를 내놓으라고 했다나 뭐라나.

한마디에 불과했던 말이었는데, 신희현은 그걸 기억하고 있었다. 그래서 강유석에게 그걸 준비해 놓으라고 했던 거고.

강민영이 말했다.

"엄청 크고 강해 보였어."

신희현이 고개를 끄덕였다.

'모르긴 몰라도 레벨 500에 근접했겠지.'

아마 그 정도 될 거다.

당시 100여 명의 사망자가 발생했었다.

당시, 그 자리에서 카르티를 잡지는 못했지만 카르티가 도망갔었다. 그 카르티를 열심히 쫓아갔었고, 그때 대참사가 벌어졌었다.

"그놈보다 더 강한 놈들이 있어."

그때를 떠올리면 끔찍했다.

원래 이 정도 규모의 던전은 최소 수백 명에서 클리어하는 게 정석이다. 빛의 성웅 팀이 이상한 거다.

어쨌든 900명이 들어와서 90명이 살아나간 던전이 바로 이곳, 평화의 섬이다.

"그래서 보상은 뭐가 주어졌어?"

강민영이 배시시 웃었다.

"오빠는 뭐라고 예상해?"

"글쎄. 이를테면……."

"이를테면?"

"뭐, 관문 통과하게 해주는 열쇠라든가. 그런 거?"

"……."

모두들 할 말을 잃었다.

그 분위기를 엘렌이 읽었다. 빛의 사기꾼님이 또 맞힌 모양이다.

하여튼 '카르티 섬의 열쇠'를 받았고, 그사이 탁민호도 동굴을 탈출하여 바닥에 쓰러졌다.

"헉…… 헉……!"

탁민호는 죽는 줄 알았다.

신희현이 피식 웃었다.

그래, 그때도 탁민호는 저런 모습이었지.

'나는 더 처참했었고.'

어쨌든 둘 다 클리어했다.

신희현이 예상하지 못했던 건 그다음이었다.

탁민호가 말했다.

"임시 레벨 업 포인트라는 걸 얻었습니다."

신희현은 순간, 망치로 머리를 얻어맞은 것 같은 기분이 들었다.

나쁘다거나 바람직하지 못한 건 아니다.

다만.

'다르다.'

과거와 달랐다.

'임시 레벨 업 포인트?'

강유석에게 들었다. 파괴의 신 파빌러스가 강유석의 몸을 빼앗으려고 했고 그때, 레벨이 임시로 올랐다고.

그것과 같은 것 같은데.

'과거 민호 형은……'

레벨 업 포인트를 얻었다고 했었다.

신희현은 깨달을 수 있었다.

'그건 거짓말이었다.'

아무도 그 말을 의심하지 않았었다.

과거의 탁민호도 그렇고 지금의 탁민호도 그렇고 굉장히 합리적인 사람이다. 그 당시, 그에게는 이 보상을 받았다는 것을 숨기는 것이 더 합리적이라고 생각했을 것이다.

'그렇다면 지금은.'

지금은 그 반대라는 소리다. 빛의 성웅에게 뭔가를 속여서 얻어낼 것도 없을뿐더러 속일 필요도 없다고 생각하는 거겠지.

"사용 제한 조건이…… 레벨 500을 초과해야 됩니다."

신희현은 잠시 생각에 잠겼다.

'비록 사소하긴 하지만 과거와 달라졌다.'

그리고 탁민호는 충분히 합리적인 사람이며 계산이 빠른 플레이어다. 그렇다면 이야기를 꺼내봐도 될 것 같다.

'임시 레벨 업 포인트.'

그것은 강유석을 강제할 수 있는 수단이 될 가능성이 높았다. 자신의 레벨이 높으면, 만에 하나 강유석이 폭주할 때에 제어할 수 있을 테니까.

"탁민호 씨."

영체화 상태의 엘렌은 직감했다.

저 빛의 사기꾼님이 또 뭔가, 진중한 표정으로 사기를 치겠구나.

'역시……!'

이제는 사기를 치는 게 부끄럽지 않았다. 오히려 자랑스러웠다.

험머는 또 고개를 갸웃했다.

'엘렌 누님, 또 왜 기뻐 보입니까요?'

하여튼 신희현이 말했다.

"제 제안을 들어보시겠습니까?"

어디까지나 제안입니다. 당신은 합리적인 사람이니 합리적인 선택을 하겠지요.

영체화 상태의 엘렌이 아무도 모르게 씨익 웃었다.

그 표정은 신희현과 많이 닮아 있었다.

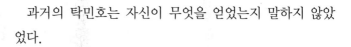

과거의 탁민호는 자신이 무엇을 얻었는지 말하지 않았다.

그러나 지금은 달랐다.

탁민호는 자신이 솔직하게 말을 하는 것이 말을 하지 않는 것보다 합리적이고 이성적이라고 판단했다.

지금은 빛의 성웅 앞이니까.

빛의 성웅에게 거짓말을 할 필요도 없고 혹시나 거짓말이 밝혀졌을 때의 리스크를 감당할 필요도 없다.

신희현이 말했다.

"저는 자유 포인트를 2개 획득했습니다."

"……예."

에이, 차라리 저쪽으로 갈걸.

써먹지도 못하는 데다가 시간 지나면 사라져 버리는 임시 레벨 업 포인트 10개보다는 자유 포인트 2개가 훨씬 낫지 않은가.

'하기야, 그쪽 길이 더 어려웠으려나.'

빛의 성웅의 행색을 보면 전혀 고생하지 않은 것처럼 보이지만 또 모른다. 자신이 그쪽에 갔으면 지금쯤 시체가 되었을지도 모를 일이다.

"현시점에서 탁민호 씨에게 더 유리한 것은 이 자유 포인트라 생각됩니다."

"그건…… 그렇습니다만……."

어라, 왜 저러지.

'설마?'

바꾸자고 하는 건가? 그렇다면 내게 이득이 될 것 같은데. 그런데 왜 굳이 나와 바꾸려고 하는 거지.

'임시 레벨 업 포인트는 당연히 좋다. 위급한 상황에서 써먹을 수 있어.'

비록 임시긴 하지만 위급 상황 시 레벨을 올려서 위기를 타개할 수 있는 기회가 된다.

특히나 플레이어들 간의 싸움 시, 레벨은 곧 법이며 질서가 된다.

신희현이 말했다.

"저는 만약 탁민호 씨가 동의한다면 포인트를 교환하고 싶습니다."

"……."

탁민호는 순간 아무런 말도 하지 못했다.

지금 당장은 자유 포인트가 필요한 것이 맞다.

하지만 빛의 성웅의 레벨에 도달한다면?

그때가 되면 어쩌면 임시 레벨 업 포인트가 더 좋을 수도 있다. 빛의 성웅이 교환하자고 하는 거면, 분명 뭔가 이유가 있을 테니까.

신희현은 여유롭게 기다렸다.

'고민이 많이 되겠지.'

분명 머리를 많이 굴리고 있을 거다. 하지만 결국 답은 정해져 있었다.

'결국 바꾸게 될 거야.'

현재의 손익을 계산하는 건 그렇다 치고서라도.

'내가 빛의 성웅이거든.'

비록 엘렌은 빛의 사기꾼 혹은 빛의 건물주라고 부르기는 하지만, 어쨌거나 탁민호에게 있어서 신희현은 빛의 성웅이다.

최근에는 클라톤의 반지 업그레이드 방법까지 알려주지 않았던가.

탁민호라면 이 거래가 하나의 투자가 될 거다.

그래서 여유로웠다.

'완전한 우량주에 투자하는 기분일 거야.'

빛의 성웅과 거래를 튼다. 그것도 빛의 성웅이 먼저 요청해서.

이건 탁민호에게 많은 의미가 있다.

빛의 성웅이 아니라 최용민쯤만 되어도 탁민호는 쌍수를 들고 환영했을 거다.

하물며 그 거래가 자신에게 손해가 되지 않는다면 더더욱.

엘렌의 날개가 활짝 펴졌다.

'더…… 더…… 더……!'

뭐랄까. 몬스터 몰이를 하는 느낌이 이렇지 않을까 싶은 기분이 들었다.

그랬다가 문득 그녀는 자신의 현 상태를 파악했다.

저도 모르게 날개를 활짝 펴고 신희현의 사기 행각(?)을 응원하던 그녀는 정신을 차렸다.

'내, 내가 도대체 왜.'

자신이 왜 이러는지 모른 채 그녀는 조심스레 날개를 다시 접었다.

이런 추태를 보이는 건 단 한 번으로 족하다. 다시는 이런 추태를 보이지 않으리라 다짐했다.

그 모습을 보며 험머는 또 고개를 갸웃했다.

'벌써 네 번째 저럽니다요. 왜 저러시는 겁니까요?'

신희현이 말했다.

"엘렌, 포인트 교환 활성화시켜 줄 수 있지?"

"……."

엘렌은 순간 아무 말도 못 했다. 솔직한 말로 조금 당황했다. 여전히 무표정한 상태로 말했다.

"……확인하겠습니다."

민원 담당자라고 해서 모든 민원을 다 알고 있는 건 아니다. 가끔 모르는 것도 있다. 그럴 때에는 확인하는 시간이 필요하다.

시간이 흘렀다.

"……가능합니다."

그럴 줄 알았어.

신희현은 고개를 끄덕였다.

험머가 호들갑을 피웠다.

"저는 그런 게 있는지 처음 알았습니다요! 포인트 교환이라니!"

그러다가 문득 엘렌 누님이 불쌍하다는 생각이 들었다.

'어라, 그러고 보니……'

파트너 플레이어가 파트너인 자신도 모르는 것들을 아무렇지도 않게 요청하고 오히려 가르침을 주기만 한다면?

'아…… 엘렌 누님……. 그래서…… 그런 겁니까요?'

파트너로서의 연민이 무럭무럭 피어올랐다.

아이템 수거할 때 가장 활짝 펴지던 천족의 날개. 원래는 아름답다고만 생각했는데 마냥 아름다운 광경은 아닌 것 같기도 했다.

하여튼 신희현은 임시 레벨 업 포인트 10개를 얻어낼 수 있었다.

탁민호가 머리를 긁적거렸다.

"클라톤의 반지 건도 있고 해서…… 그냥 드리려고도 했는데……."

신희현이 피식 웃었다.

"아닙니다. 거래란 건 공정해야죠."

서로가 서로에게 더 필요한 걸 얻는다. 사실 그건 사기가 아니다.

다만, 현재 시점에서 임시 레벨 업 포인트가 신희현에게 필요했을 뿐.

신희현과 탁민호는 아주 잠깐이지만 악수를 나눴다.

"비율은 5 대 1. 저도 손해 보는 장사는 아닌 것 같네요."

"예…… 뭐."

탁민호는 괜히 승리자가 된 기분이 들었다.

한 번 쓰면 사라져 버리는 임시 레벨 업 포인트 10개보다는 영구적으로 지속되는 자유 포인트 2개가 나았다.

'이거면!'

투시 스킬의 레벨도 올릴 수 있다. 탁민호 입장에서 자유 포인트는 어지간해서는 얻지 못하는 굉장한 보상이었으니까.

'투시 스킬을 2레벨 올리면 큰 도움이 될 거다.'

하여튼 탁민호도 만족하고 신희현도 만족하는 거래가 끝났다.

신희현이 앞장서서 걸음을 옮겼고 약 하루가 지난 뒤 그들은 물가에 도착할 수 있었다.

거대한 호수였다.

신희아가 몸을 부르르 떨었다.

"아, 이런 거 싫은데."

결국 보트 같은 것에 의지해서 가야 한다.

보트 정도야 신희현이 당연히 준비하고 있겠지만 그래도 육지에서 싸우는 것에 비해 많은 제약이 따르지 않는가.

저만치 멀리 수평선 끝에 세 개의 섬이 보였다.

신희현이 중급 간소화 주머니에서 뭔가를 꺼냈다.

"이 정도는 다들 챙기는 거니까."

다들 챙긴다고 나온 것이 모터 달린 보트였다.

저번에는 고무보트였는데 더 좋아졌다. 지략가 탁민호마저도 혀를 내둘렀다.

'저런 걸 누가 어떻게 챙기고 다닙니까⋯⋯.'

일반적인 길잡이들은 저런 거 못 들고 다닌다.

저거 하나 정도면 중급 간소화 주머니가 가득 찰 텐데, 거의 쓸 일이 없는 모터보트 따위 누가 가지고 다니겠는가.

저거 하나를 위해 중급 간소화 주머니 하나를 가득 채우는 사람은 아마도 빛의 성웅밖에 없을 거라고 생각했다.

강유석이 스킬명을 외쳤다.

"영역 선포."

전보다 훨씬 강해진 강유석이다.

레벨도 490에 근접한 상태.

겨우 보트 하나 정도를 영역에 넣는 것은 어렵지 않았다.

한 섬에 도착했다.

['카르티 섬'에 도착했습니다.]
[카르티 섬의 입장 조건을 확인합니다.]
[카르티 섬 입장에는 '카르티 섬의 열쇠'가 필요합니다.]

그들이 발을 내딛는 순간, 블랙 라이노들이 몰려들었다.
평원에서 봤던 놈들과는 달랐다.
그놈들은 플레이어에게 적대감을 드러내지 않았다. 하지
만 이놈들은 당장에라도 공격할 태세를 갖추고 있었다.
강유석이 카르티 섬의 열쇠를 꺼내 들었다.

['카르티 섬의 열쇠'가 확인되었습니다.]

순간, 카르티 섬의 열쇠에서 빛이 뿜어져 나왔다.

[블랙 라이노가 온순해집니다.]
[블랙 야크가 온순해집니다.]
[블랙 라이온이 온순해집니다.]
[블랙 타이거가 온순해집니다.]

잠시 긴장했던 탁민호가 긴장을 풀었다.

"여기는 도대체…… 뭡니까?"

신희현이 대답했다.

"이이제이라고 했습니다."

"……예?"

"오랑캐로 오랑캐를 제압한다는 뜻입니다."

아, 그건 저도 알고 있습니다. 나름 지략가라는 이명으로 불리고 있습니다.

그 말은 참았다. 신희현이 알쏭달쏭한 말을 더했다.

"그리고 미인박명이죠. 미인은 오래 못 산다는 뜻입니다. 아, 물론 우리 민영이 빼고."

"…….."

아까 이이제이를 말했을 때와는 다른 의미로 모두 할 말을 잃었다. 강민영조차도 황당해져서 신희현을 쳐다볼 정도였으니까.

"아, 이런 말도 있겠네요. 차도살인지계. 다른 사람의 칼을 빌려 적을 처단한다는 뜻입니다."

거기에 더해.

"차도살인지계와 미인계를 같이 쓸 겁니다. 이곳은 평화의 섬이니까요."

탁민호는 따지고 싶었다.

도대체 무슨 말을 하는 겁니까. 아니, 길잡이면 좀 길잡이답게 명확하고 확실하게 얘기를 해줘야지.

하지만 따지지 못했다. 상대가 빛의 성웅이니까.

"정확한 해설이 필요합니다."

"……차도살인지계와 미인계입니다."

"……."

그런데 강민영이 고개를 갸웃했다.

"오빠, 그게 무슨 뜻이야?"

"응, 여기에 군주 두 마리가 있는데 그 두 놈이 사이가 매우 안 좋아. 근데 그 둘이 카르티에 죽고 못 살거든. 그래서 카르티를 죽여서 두 놈 싸움을 붙일 거야."

모두가 숙연해졌다. 그리고 탁민호는 다짐했다.

그래, 다음부터 궁금한 게 생기면 강민영 씨에게 물어봐 달라고 해야겠다.

그렇게 생각했다.

"자자, 농담은 여기까지 하겠습니다. 카르티는……."

신희현이 자세한 내용을 설명했다.

카르티를 찾는 건 어렵지 않았다.

크기가 20미터에 육박하는 거대한 기린 형태. 어지간한 나무들보다도 높은 키를 자랑하고 있어서 찾는 것 자체는 어렵지 않았다.

"너희들 뭐야? 맛있게 생겼다."

카르티가 호호호 웃었다.

사람으로 치면 여자의 목소리 같았다.

여자의 목소리 같기는 한데, 덩치가 워낙 커서인지 천둥처럼 크게 울렸다. 동굴 속에서 웅웅거리는 목소리 같았다.

"특히 거기 야들야들한 애들도 보이네. 맛있겠다. 살결이 보드라워 보여. 애피타이저로 딱이겠어."

카르티의 붉은 눈이 강민영과 신희아를 훑었다.

그리고 알림이 들려왔다.

['배고픈 카르티' 퀘스트가 활성화됩니다.]

아까는 '푸른 나비의 날개'로 그 퀘스트를 클리어했었다.

하지만 이번에는 조금 다를 거다.

"모두 각자 위치로."

신희현은 카르티의 레벨을 확인했다.

[레벨: 487]

"뭐야, 너희? 설마 나랑 싸우려고?"

호호호! 하고 크게 웃었다. 그 긴 목을 하늘 위로 들어 올리고 웃었다.

탁민호는 귀를 막았다. 고막이 터질 것 같았다. 고주파로 이루어진 공격 같은 느낌이었다.

"한 입 거리도 안 되는 것들이 감히 나랑 싸우려고 들어? 모두 내 배 속에 넣어주겠어."

레벨이 487이다. 빛의 성웅 팀도 상대가 가능한 수준이다.

다만 문제가 조금 있다면.

[준보스 몬스터 존이 선포됩니다.]

준보스 몬스터 존이 선포되었다는 거다.

주위가 주황빛으로 물들었다.

보스 몬스터는 아니다. 보스 몬스터는 붉은색 존이 형성된다.

어쨌든 준보스 몬스터 존이 생성된다 함은 준보스 몬스터가 특별한 보정을 받는다는 소리다.

신희현이 외쳤다.

"희아, 항상 준비하고 있어."

"오케이!"

카르티가 호호호 웃었다.

"이거 한 방이면 너희 전부 끝일걸?"

준보스 몬스터 보정을 받는 레벨 490대 거대 몬스터 카르티.

과거, 수백 명의 사상자가 발생했었던 카르티 레이드에서의 유일한 생존자 신희현.

그리고 신희현이 포함되어 있는 빛의 성웅 팀의 전투가 벌어졌다.

신희현이 마틴을 소환했다.

"마틴!"

신희아와 강민영도 뭔가를 준비했다. 신희현은 마틴을 소환함과 동시에 지시를 내렸다.

"강유석! 뒤쪽으로!"

마틴과 강유석이 가장 먼저 움직였고 그사이 카르티가 몸을 잔뜩 움츠렸다가 폈다.

뭔가가 쏟아져 내리기 시작했다.

카르티의 목소리가 천둥처럼 울렸다.

"모두 꼬치가 되어버리렴. 이 몸이 아주 맛있게 먹어줄게!"

10장
저런 거 하려고 하는 거지

카르티가 자신만만하게 말했다.

"이것이 나의 털 바늘이란다."

그녀(?)의 털이 고슴도치처럼 바짝 섰다가 이내 화살처럼 사방으로 퍼져 나갔다.

그것은 마치 철침처럼 날카로웠다.

미리 대비하고 있던 신희아가 외쳤다.

"멀티 실드!"

거기에 더해.

"둠 프로텍터!"

푸르스름한 실드가 생겨남과 동시에 반구 형태의 무언가가 플레이어들을 덮었다.

카르티가 아마도 7미터가 넘을 거라 짐작되는 목을 돌리며 고개를 갸웃했다.

"뭐야? 이건?"

카르티의 눈으로 보면 안은 보이지 않았다. 콘크리트 반구가 플레이어들을 덮은 것처럼 보였다.

그러나 안에서는 밖이 보인다.

이것이 신희아가 최근에 익힌 둠 프로텍터다.

실험 같은 건 해본 적 없지만, 신희현은 아마도 이것이 미사일도 막아낼 수 있을 거라고 생각하고 있는 중이다.

뾰족한 털 바늘이 둠 프로텍터에 계속해서 부딪혔다.

수천 개의 털 바늘은 구부러져서 떨어져 나가고, 또 수천 개의 털 바늘은 둠 프로텍터에 깊숙이 박혔다.

신희아가 오케이 사인을 보냈다.

"여유 있어. 이 상태면 쿨타임 끝나기 전까지 버틸 수 있을 거야."

혹시 몰라 깨지더라도 멀티 실드가 플레이어들을 보호할 거다.

솔로잉 실드는 따로 펼치지 않았다. 마력을 아끼기 위해서.

신희현이 씨익 웃었다.

"잘했어."

좋다. 과거와는 완전히 다른 싸움이 되고 있다.

그때, 단 한 번의 이 공격으로 70명이 넘게 죽었었다.

수백 명이 달려들어 겨우 상대했었던 카르티였다.

그런데.

'어라.'

잊고 있었다.

'내가 왜.'

그사이 강유석은 신희현이 시킨 대로 움직였다.

카르티의 발밑에 거대한 웅덩이를 만들었다.

레벨 500에 가까워진 강유석이 만드는 웅덩이는 넓이만 보자면 거의 호수에 가까웠다.

약 50㎝ 정도의 깊이를 가진 웅덩이를 만들었는데, 신기한 건 플레이어들은 단 한 명도 젖지 않았다는 거다.

카르티가 비명을 질렀다.

"꺄아아악! 나는 물이 싫어! 물이 싫다고! 저리 꺼져! 저리 꺼지란 말이야!"

카르티는 비명을 지르며 웅덩이에서 벗어나려고 난리를 쳤지만 마음대로 움직이지 못했다.

마틴의 이마에 힘줄이 돋아났다.

"으랏차아아앗!"

우람한 팔 근육과 다리 근육도 터질 듯 부풀어 올랐다.

[스킬, 솟아라 근력을 사용합니다.]
[스킬, 강력하게 붙잡기를 사용합니다.]

[스킬, 우직하게 버티기를 사용합니다.]

마틴의 스킬명은 굉장히 단순하고 직관적이었다.

마틴이 스킬을 사용하며 카르티의 네 다리 중 하나인 뒷다리를 꽉 잡은 채 놓아주지 않았다.

카르티는 발버둥 쳤지만 어린이 마틴의 괴력에서 벗어날 수 없었다.

모든 상황은 예정대로 흘러가고 있다. 신희현도 그걸 안다. 그런데 석연치 않은 점이 하나 있다.

'카르티의 레벨은 487.'

아탄티아를 기점으로 최상위급 플레이어들이 400 초중반대.

'아탄티아는 아직 열리지도 않았어.'

그렇다면 그 당시 도대체 어떻게 카르티를 잡았던 걸까?

그때는 카르티의 레벨을 잘 몰랐었다. 많은 사상자가 발생하기는 했지만 어쨌든 잡기는 했었다.

최근 '레벨 인플레이션'이라고 해도 좋을 정도로 높은 레벨에 익숙해져 있었던지라 중요하게 생각하지 못했었다.

'과거 카르티의 레벨이 지금보다 낮았던 거냐……'

아니면.

'그 당시 카르티를 사냥할 수 있는 레벨의 플레이어가 더 있었던 거냐.'

모르겠다.

당시 카르티를 사냥할 수 있는 레벨의 플레이어는 없었던 것 같다.

'내가 뭔가를 놓치고 있나?'

알 수 없었다.

그사이 강유석이 스킬명을 외쳤다.

"워터폴 드랍!"

여인의 형상을 하고 있는 물의 상급 정령이 하늘 높이 떠올랐다. 그리고 이내 두꺼운 폭포수 줄기가 쏟아져 내렸다.

살상력을 가진 공격은 아니었다. 강한 살상력을 담으려면 강유석도 체력이 많이 소비된다.

신희현이 주문한 건 강한 공격력이 아닌 '물', 그 자체였다.

쏴아아아—!

거대한 폭포수가 떨어져 내림과 동시에.

"제발 살려줘!"

카르티는 애걸복걸했다.

그토록 기고만장했던 모습은 사라지고, 그토록 자신만만해하던 틸 바늘은 더 이상 사용하지 못했다.

카르티가 무릎을 꿇었다. 무릎을 꿇었다고 해도 거대한 건 마찬가지.

신희현이 라비트를 소환했다.

과거로 돌아왔다고 해서 모든 걸 아는 건 아니었다.

'생각은 나중에 하자.'

생각은 나중에 하기로 했다.

일단은 카르티를 잡는 것에 집중했다.

'달려, 라비트.'

'알겠소!'

라비트가 레이피어를 입에 물고 네 발로 빠르게 달렸다.

카르티의 몸을 타고 올랐다.

'목 중앙.'

검은 점이 있는 곳.

'저기가 약점이다.'

'알겠소!'

라비트는 카르티의 머리 위까지 올라갔다.

"떨어져! 떨어져! 떨어지란 말이야! 난 쥐새끼가 물 다음
으로 싫다고!"

신희현이 의도했던 건 아니었다. 카르티가 쥐를 싫어하는
것은 몰랐다.

그런데 라비트는 자존심이 상했다.

"나는 쥐가 아니오!"

목을 타고 달렸다.

덩치를 비교해 봤을 때, 건물 꼭대기에서 땅을 향해 수직
으로 내달리는 것처럼 보였다.

"나는 만물의 영장."

레이피어를 손에 들고 점프했다. 빙글빙글 돌며 떨어져 내렸다.

"사람이오!"

그와 동시에.

"일. 격. 필. 살!"

보통 때는 '일격필살!' 하고 간단하게 말하는데 오늘은 감정이 좀 실렸다.

아무래도 라비트는 '쥐새끼'라는 말을 굉장히 싫어하는 것 같았다.

라비트의 자존심을 단단히 건드린 것 같달까.

빙글빙글 돌던 라비트의 몸이 어느 순간 멈추는가 싶더니, 카르티의 목 가운데 부근에 있는 검은색 점을 향해 검을 뻗었다.

마치 칼에 몸을 싣고 날아가는 것처럼 보였다.

푸욱!

라비트의 레이피어가 카르티의 목을 찔렀다.

카르티가 비명을 질렀다.

"끄아아악!"

눈에서 뿜어지는 붉은 안광이 하늘 높이 치솟아 올랐다.

"너희들 전부 죽여 버리겠어! 모두 산 채로 씹어 먹어버릴 테야!"

그와 거의 동시에 강민영이 외쳤다.

"불기둥!"

그녀의 몸 주위로 화염이 몰려드는가 싶더니, 마치 거대한 레이저포를 발사하듯 강력한 화염이 소용돌이치며 카르티의 목을 향해 날아갔다.

지름이 약 5미터쯤 되는 불기둥이 일직선으로 쏘아졌다.

"으랏차아아! 너는 움직일 수 없다!"

마틴이 땀을 뻘뻘 흘렸다.

"너는 이미 고깃덩이가 되어 있다!"

마틴이 잡고 있는 탓에 제대로 움직이지 못한 카르티가 그 공격을 허용했다.

불기둥이 사그라지자 거기에 루시아가 발포했다.

[스킬, 인피니티 샷을 사용합니다.]

탕! 탕! 탕! 탕!

쉴 새 없이 총성이 터져 나왔다.

인간의 청력으로 들으면 그 숫자를 제대로 세지도 못하지만, 탁민호는 볼 수 있었다. 노란색 궤적을 그리며 날아가는 수백, 수천 발의 총알을 말이다.

마치 함선의 기관포에서 발사하는 것 같은 총탄이 수없이 뿜어져 나왔다. 그것도 거의 정확한 궤적을 그리면서.

탁민호는 순수하게 감탄했다.

'엄청난 연계다.'

그것과 더불어 약간 이상한 점도 있었다.

왜 굳이 강유석이 체력을 소모해 가면서 카르티 발아래 물 웅덩이를 유지시키고 있는 건지 모르겠다.

물을 싫어하는 건 알겠는데, 그 이상의 무슨 의미가 있단 말인가.

신희현은 탁민호의 심정을 귀신같이 읽어냈다.

"카르티는 준보스 몬스터 보정을 받고 있습니다."

"……예?"

이 양반이 혹시 내 생각을 읽는 스킬이라도 갖고 있나 싶 어 탁민호는 등줄기가 싸늘해지는 느낌까지 받았다.

"준보스 몬스터의 특수 보정으로 인하여 강력한 방어막을 가지고 있죠. 마치 희아가 실드를 펼쳐 준 것처럼."

"……아."

안 그래도 방금 봤다. 그 사기적인 스킬. 둠 프로텍터인가.

잘은 모르지만 폭탄도 막아낼 수 있을 것만 같은 그 두꺼 운 둠을 말이다.

"카르티는 발바닥에 물이 닿으면 그 방어막이 1차로 해제 됩니다."

"……예?"

그건 또 어떻게 알았습니까?

"그다음 온몸이 젖으면 방어막이 완전히 해제됩니다. 일반 몬스터와 다를 것이 없어진다는 소리죠."

"그건…… 어떻게?"

신희현이 씨익 웃었다.

"그냥, 뭐……."

설마. 대충이라고 말하지는 않겠지.

탁민호는 불길한 느낌을 받았다.

"대충 살펴보면 압니다."

이런 걸 경험하는 것만으로도 탁민호에게는 큰 도움이 될 거다. 하나를 가르쳐 주면 열을 아는 길잡이니까.

신희현은 그것에 만족하기로 했다.

다만, 탁민호는 아무 말도 하지 못했다.

"……."

대충 뭔가를 하면 공략의 방이 뚝딱 튀어나오고, 대충 뭔가를 하면 남들은 평생 가도 얻기 힘들다는 노블레스 등급 클리어 막 얻고 그러는 겁니까?

따지고 싶었는데 정말 따졌다가는 '네, 그런데요'라는 대답이 올 것 같아 그냥 포기하기로 했다. 그게 정신 건강에 이로울 거 같으니까.

카르티 레이드가 거의 마무리된 것 같다.

'그땐…….'

그땐 정말 우연이었다.

카르티에게 쫓겼었다. 카르티는 플레이어들을 씹어 먹는

것을 즐겼다. 그 맛에 심취해 마구 달려오다가 물웅덩이에
빠졌었다. 그러자 카르티의 방어력이 굉장히 약해진 것을 알
수 있었다. 그리고 아주 운 좋게도 그때 비가 왔었다.

'어.'

그런데.

'지금은……'

하늘을 올려다봤는데 아무렇지도 않았다. 비 따윈 전혀 오
지 않았다.

'그때…… 물웅덩이가 있었지.'

그것도 아주 적절한 위치에.

'그리고 때마침 비가 왔었어.'

그것도 아주 적절한 타이밍에.

'이게 단순히 우연일까?'

아니, 우연이 아닐 거라는 생각이 든다.

그때 물웅덩이가 있었기 때문에 카르티의 약점을 파악할
수 있었고, 그때 비가 왔기 때문에 카르티를 훨씬 수월하게
잡을 수 있었었다.

'카르티의 레벨. 그리고 물.'

의문점이 남았다. 최후의 던전까지 가는 거대한 줄기에 하
나의 의문점이 더 생긴 셈이다.

'고대 퀘스트에 하나 더 생긴 건가, 내가 모르는 게.'

그때.

쿵!

커다란 소리와 함께 물보라가 피어올랐다.

그 물은 강유석이 인위적으로 만들어낸 물이며 강유석의 지배를 받고 있는 물이다. 플레이어들의 몸을 적시지 않았다.

탁민호가 뭔가를 알아차렸다.

"사체가…… 없어지지 않습니다."

신희현이 대답했다.

"이러한 경우."

일부러 약간 뜸을 줬다. 탁민호가 말을 하는 것을 지켜보기 위해서.

굳이 탁민호를 데려온 것은 그를 육성하기 위한 목적이 크다.

신희현이 탁민호를 힐끗 쳐다봤다.

신희현의 눈치를 읽은 탁민호가 크흠 헛기침을 한 번 했다. 왠지 빛의 성웅 앞에서 주름잡으면 민망한 느낌이랄까.

"……사체가 특별한 역할을 하는 경우가 있습니다. 모두 아시다시피, 대부분의 사체는 저절로 사라집니다. 아이템 혹은 마력석을 남기고 말이죠. 그런데 카르티는 남아 있습니다. 그리고 이곳은 던전입니다. 그 말은 곧, 이 사체가 다음 관문의 어떤 키로 사용될 수 있는 확률이 높은 거죠."

그래서 엘렌이 영체화 상태를 풀었다.

"제가 맡겠습니다."

누구보다 빠르게, 누구보다 신속하게.

"……너무 크고 무겁습니다."

엘렌은 여전히 무표정이었지만 신희현은 엘렌의 표정을 읽을 수 있었다.

엘렌은 조금 시무룩해 보였다.

그래서 신경 써줬다.

교감으로 마틴에게 말했다.

'마틴, 놈을 상급 간소화 주머니에 넣어서 엘렌에게 전해 줘.'

마틴이 으랏차! 괴력을 발휘하며 사체를 상급 간소화 주머니에 넣었다.

사실 그 사체는 아이템이기 때문에 손에 접촉한 뒤 인벤토리에 넣으면 그만이다.

신희현은 자기합리화를 했다.

'나는 엘렌을 배려하는 파트너니까.'

하여튼 영체화 상태로 돌아간 엘렌의 날개가 활짝 펴지는 것을 확인한 신희현이 탁민호를 돌아보고 물었다.

"그렇다면 이 사체는 어떻게 사용하는 것이 좋을 것 같습니까?"

신희현은 이미 답을 알고 있다.

과거에 있었던 일들과 현재의 경험들을 토대로 이미 전략은 수립해 놓은 상태다.

그런데 과연 탁민호도 자신과 같은 해답을 내릴까?

'여태까지 오는 길을 잘만 조합해 보면 알아차릴 수 있었을 텐데.'

과연 알 수 있을까. 조금 궁금해졌다.

탁민호가 말을 이었다.

"가장 먼저, 이곳에 오기 전 푸른 나비 떼가 이동을 했었죠. 그리고 그 푸른 나비 떼는 카르티의 먹이로 사용되었습니다."

"그렇죠."

"또한 1차 관문에서 초식계 동물과 육식계 동물이 싸우는 것을 봤습니다. 저희는 그 중간에서 어부지리를 취했습니다."

정답에 가까워져 오는 기분이 들었다.

"저는 이곳의 이름과 연관 지어보는 것이 좋다고 생각했습니다. 지금부터는 어디까지나 제 개인적인 생각이니 한번 고려만 해주십시오."

신희현이 씨익 웃었다.

드디어 나왔다.

'제 개인적인 생각이니.'

저 말이 나온 후에는 대부분 정답이 나오곤 했었다.

과거 그가 알던 탁민호의 모습이 나오고 있는 것 같아서 괜히 흥분됐다.

'그래, 평화의 섬은…….'

'제 개인적인 생각이니'로 시작한 탁민호의 말이 이어졌다.

"평화의 섬은 먹고 먹히는 곳입니다. 그런데 관문 초입에서 신희현 플레이어는 세피로를 사냥했습니다. 누군가의 눈을 막아버리려고 하는 것처럼. 그 말은 곧 육식계와 초식계를 대표하는 누군가가 그 몬스터들을 부리면서 싸움을 벌였던 것이 아닐까 추측됩니다. 초식동물계 진영과 육식동물계 진영."

그런데 단순히 그렇게 이분법적으로 나눌 수는 없었다.

그 이분법을 무색하게 만드는 것이 바로 카르티였다.

"카르티는 초식동물계 형태를 하고 있으면서 육식을 하고 있는 몬스터로 판명이 되었습니다."

푸른 나비의 날개를 먹은 것부터 해서, 카르티의 언사를 종합해 보면 카르티는 육식을 했던 것으로 보인다.

"그러니까 카르티는 육식도, 초식도 아닌 어정쩡한 위치의 몬스터라는 소리입니다."

신희현은 고개를 끄덕였다.

다른 플레이어들은 그냥 듣기만 했다. 길잡이가 아닌 그들 입장에서는 탁민호가 무슨 말을 할지 감이 잡히지 않았다.

"어쩌면 이곳은 두 개의 세력이 싸우고 있는 곳이고, 카르티가 그 중간에서 어떠한 역할을 하는 곳일 수 있습니다. 퀘스트의 클리어 진행 상황으로 보면 그건 확실합니다. 다만 카르티가 어떤 역할을 하느냐가 중요한데."

탁민호는 잠시 숨을 골랐다. 그리고 말을 이었다.

"사체가 남았다 함은, 이 사체가 분명 어떤 식으로든 활용된다는 것이고 이 사체가 두 세력에게 어떠한 영향을 끼칠 것입니다. 제가 추측하기로는, 이 카르티가 그 두 세력 모두에게 굉장히 중요하거나…… 그도 아니면 굉장히 맛있는 식량이거나. 둘 중에 하나라 짐작이 됩니다."

신희현은 탁민호를 보며 내심 피식 웃었다.

'예전의 민호 형이 맞네.'

겉으로는 '추측하고 있다'라고 표현하고 있지만 아마 탁민호는 속으로 거의 확신하고 있을 거다.

저렇게 쉴 새 없이 말을 하고 있다는 건 탁민호가 확신을 가지고 있다는 소리다.

'이런 단서들을 조합해서 결론을 도출해 내는 거지.'

역시 탁민호는 제법이다.

과거의 경험과 지식이 없었다면, 아마도 자신은 탁민호를 따라가지 못했을 거다.

"그런데 여기서 중요한 점이 있습니다. 만약 그 두 세력이 있다고 가정한다고 했을 때, 카르티가 만약 맛 좋은 먹이라면 카르티는 진즉에 잡아먹혔을 겁니다."

왜냐하면.

"카르티는 혼자서 움직였습니다. 카르티를 지키는 몬스터가 단 하나도 없었다는 소리입니다. 카르티의 섬에 갔을 때 파악했습니다. 그곳에는 다른 몬스터의 흔적이 전혀 없었습니다."

다시 말해.

"카르티는 그 두 세력에게 중요한 위치에 있는, 중립적인 입장이었을 확률이 매우 높습니다."

신희현이 말을 더했다. 장난스레 말했다.

"어쩌면 연모의 대상일지도 모르죠."

정식 명칭은 'Island of yark king'과 'Island of lion king'이다. 두 개의 거대한 섬.

[스킬, 초감각을 사용합니다.]
[커다란 힘이 감지됩니다.]

두루뭉술한 느낌밖에 전해지지 않았다. 상대가 강력해서 그런 것이기도 하고 거리가 멀어서이기도 했다.

저만치 멀리 두 개의 섬이 보였다. 보트를 타고 이동했다.

탁민호의 추론은 잘 들었다. 탁민호의 말이 거의 다 맞다.

'그땐 정말 우연히 알았지.'

지금에 이르러서는 우연이 아니라고 생각한다. 그 당시에 몰랐던 뭔가가 분명히 더 있다.

그 당시 놈들의 레벨이 지금 자신이 파악하고 있는 레벨과 같다면, 당시의 능력으로는 절대로 이곳을 클리어할 수 없었다.

'단순한 우연이 아니라, 의도된 우연인 것 같기는 하지만.'

그걸 지금 당장 파악할 수는 없었다. 그때, 놓치고 있던 것이 무엇인지 평화의 섬을 클리어하고 난 뒤 생각해 볼 생각이다.

'카르티 때문에 그 두 놈이 그렇게 난리법석을 피울 줄은.'

이곳에는 두 마리의 보스 몬스터가 살고 있다.

각 몬스터 존에는 그 몬스터 존을 지배하는 몬스터가 있게 마련이고, 신희현을 기준으로 하여 왼쪽 섬에는 '야크 킹'이, 오른쪽 섬에는 '라이언 킹'이 서식하고 있다.

신희아가 뭔가를 발견했다.

"응? 저기 다리가 보여."

가까이 다가가니.

"와, 진짜 크다!"

정말 컸다. 보통 서울에서 볼 수 있는 한강대교와는 차원이 달랐다.

폭도, 너비도, 높이도 훨씬 더 컸다. 거대하고 웅장하여 위대해 보이기까지 하는 커다란 다리.

신강철은 감탄했다.

"오…… 진짜 크당. 멋지당."

그에 반해 탁민호는 얼굴을 굳혔다.

'저 정도의 거대한 다리가 필요할 만큼의 덩치를 가진 놈이 있다는 소리겠지.'

당연하게도 저 다리는 사람이 만든 것은 아닐 터.

이곳의 몬스터에 맞게 그렇게 설정된 것일 확률이 매우 높았다.

신희현이 강유석을 쳐다봤다. 강유석에게 미리 얘기해 놓은 게 있다.

"유석아."

"네."

강유석이 보트에서 내렸다.

그는 상급 물의 정령사. 보트가 없어도 물 위에 서 있는 것 정도는 어렵지 않았다. 이곳 자체가 그의 영역이었으니까.

탁민호는 그에 대해 묻지 않았다. 신희현의 의도를 알 수 있을 것 같았다.

'과연…… 빛의 성웅.'

지금에 이르러서야 알 수 있게 된 것을 신희현은 이미 알고 강유석에게 미리 지시를 내린 것 같다.

빛의 성웅을 보면 항상 자극을 받게 된다.

아는 만큼 보인다고 했다. 신희현을 통해서 본 길잡이의 길은 원래 자신이 알던 길보다 훨씬 밝고 높았다.

한가운데 다리 기둥에는 위로 올라가는 계단이 있었다.

굳이 계단을 이용할 필요가 없다.

"잠시 여기서 기다려."

신희현이 하늘로 날아올랐다.

더 정확히 말하자면 켈트 던전에서 얻은 '스카일'이다. 이곳에서 얻어야 할 토닉스와 더불어 아탄티아 던전을 클리어하기 위한 중요한 아이템.

마치 허공이 땅인 것처럼 허공을 박차고 위로 향했다.

영체화 상태의 엘렌이 그 옆을 따랐다.

다리 위, 말 그대로 위에 섰다. 도로가 아닌 맨 꼭대기. 대략 수백 미터는 되는 아찔한 높이.

세찬 바람이 느껴졌다.

저만치 아래, 파랗다 못해 시커멓기까지 한 물이 보였다.

저만치 아래에는 강유석이 혼자 따로 서 있는 상황.

"루시아."

루시아가 소환됐다. 루시아의 붉은 머리카락이 바람결에 나부꼈다.

"중간 위치를 찾아. 저 섬과 이 섬 사이."

루시아의 시력과 거리 감각은 타의 추종을 불허한다.

"이 다리의 전체 길이는 약 32㎞ 정도입니다. 따라서 중간 지점은 16㎞ 부근입니다, 오빠."

"두 개 섬의 특징은?"

"제가 서 있는 기준으로 왼쪽 방향의 섬의 수풀이 훨씬 우거집니다. 식물들이 대체로 통상적인 크기를 훨씬 벗어났습니다."

"좋아."

신희현은 루시아와 함께 중간 지점으로 이동했다.

"오빠, 이곳은 중간 지점이 아닙니다."

"알아, 중간보다 저쪽 섬에 더 가깝게 한 거야."

엘렌에게 말했다.

"엘렌, 상급 간소화 주머니 꺼내."

"예, 알겠습니다."

준비는 끝났다.

마틴을 소환하여 카르티의 사체를 올려놨다.

루시아를 역소환한 뒤 윈더를 소환했다.

"윈더."

"예."

눈앞에 거대한 사체가 보였다.

오늘이야말로 뭔가 위대한 업적을 일궈내는 것인가. 밝음의 여신 라이나 님의 계약자와 함께!

사명감에 불타오른 윈더가 그 어느 때보다 열정 가득한 눈으로 신희현을 쳐다봤다.

"바람을 일으켜."

"목적은 어떤 것입니까?"

"고기 냄새 퍼뜨려."

"……예."

그는 열정적으로 고기 냄새를 퍼뜨렸다. 그는 스스로를 합리화했다.

'사체의 냄새를 퍼뜨리는 것 역시 위대한 길의 일환이다.'

신희현이 보트로 돌아왔다.

"멀리 떨어질 거야."

그리고 멀어졌다. 거대한 다리가 점점 작아졌다.

그런데 거대한 다리 위에 뭔가 커다란 두 물체가 나타났다.

던전 초입에서 봤던 블랙 야크와 비슷하게 생겼는데, 그 덩치를 수십 배는 불려놓은 것 같은 엄청난 크기의 몬스터 하나와 그 블랙 야크와 싸우던 육식계 몬스터.

사자와 닮은 거대한 몬스터가 빠르게 달렸다.

신희아는 입을 쩍 벌렸다.

"세, 세상에……."

여기서 봐도 저렇게 큰데, 도대체 그 크기는 얼마나 크단 말인가.

탁민호가 말했다.

"대충 살펴봐도 그 크기가 40미터는 되는 것 같습니다."

기록에나 남아 있는 공룡보다도 크고, 고래보다도 더욱 컸다.

'이동 속도는 라이언 킹이 훨씬 빠르다.'

그래서 둘이 거의 동시에 맞닥뜨리도록 신희현이 일부러 카르티의 사체를 야크 킹에 가까운 위치에 놓은 것 같다.

'그렇다면 다음은, 둘 사이에 싸움이 벌어지는 건가.'

그 예상이 맞아떨어졌다.

"네놈 때문에 나의 카르티가 죽은 것이다!"

"닥쳐라! 네놈이 약속을 제대로 지키지 않았기 때문이다!"

거대한 덩치만큼이나 커다란 목소리가 터져 나왔다. 흡사 천둥이 터져 나오는 것 같았다.

신희현은 초감각을 사용해서 저 둘의 상태를 읽었다. 언제나 그렇듯, 몬스터들에 대한 정보가 머릿속으로 흘러들어 왔다. '평화의 섬'에 대해 좀 더 구체적으로 이해할 수 있었다.

'그렇군.'

이렇지 않을까 머릿속으로만 상상했었다. 그랬었는데 그 상상이 거의 들어맞았다.

'나름 세세한 설정을 가진 곳이야.'

야크 킹과 라이언 킹.

이름은 비록 우스꽝스러울지 몰라도 어쨌든 둘은 이 평화의 섬의 포식자이며 최상위 군림자다.

그 둘은 카르티라는 암컷 몬스터를 얻기 위해 끝없이 경쟁을 벌여왔다.

둘이 직접 싸우면 서로에게 피해가 너무 크니, 서로의 수족을 부려서 싸움을 벌였다.

그게 던전 초입에서 봤던 싸움이다.

초식계와 육식계의 싸움.

원래는 육식계가 유리했었는데, 신희현 일행이 눈 역할을 하던 '세피로'를 없애 버림으로써 초식계가 더 우세해졌다.

설정상으로는 30년에 이은 싸움은 이번에 야크 킹의 승리로 끝이 났단다.

그래서 카르티는 야크 킹이 갖게 됐는데, 불의의 사고로 인해 카르티가 죽어버린 거다.

두 몬스터의 현재 상태는 거의 비슷했다.

[이름: 야크 킹]

[레벨: 532]

[현재 상태: '매우 흥분한', '매우 분노한']

[이름: 라이언 킹]

[레벨: 531]

[현재 상태: '매우 불쾌한', '매우 분노한']

그리고 그 둘 모두 보스 몬스터 보정을 받고 있는 상태.

'보스 몬스터 보정 없이도 과거의 플레이어들은 사냥할 수 없었지.'

530쯤 되면 신희현도 목숨 걸고 싸워야 하는 상대들이다.

그런 몬스터들이 있는 이곳을 과거에 클리어했다?

말도 안 되는 소리다.

라이언 킹이 크게 소리쳤다.

"네놈이 아닌 내가 가졌더라면! 이런 불상사는 발생하지도 않았다!"

몸에서 붉은빛이 뿜어져 나왔다.

"닥쳐라! 네놈 때문에 나의 카르티가 죽은 것이다!"

두 몬스터는 붉은빛을 뿜어 올렸다.

쿠구궁―!

다리가 떨리고 물살이 세게 일었다.

만약 이성적이고 합리적으로 생각했다면 저 몬스터 둘은 서로에게 적의를 드러내서는 안 된다.

라이언 킹이 크게 포효했다.

"30년 만에 결국 네놈을 죽여 버리는 날이 왔구나."

그러곤 날카로운 이빨을 앞세우고 야크 킹에게 달려들었다.

야크 킹의 몸에서도 붉은빛이 뿜어져 나왔다.

"나야말로 네놈을 오늘 죽여 버리고 말겠다."

두 몬스터 사이에 싸움이 벌어졌다. 둘 사이의 전투는 천둥과 천둥이 싸우는 것 같았다.

신희현이 강 건너 불구경하듯 말했다.

"살벌하네."

엘렌은 말하고 싶었다.

당신이 싸움을 붙인 것이지 않습니까. 이 빛의 사기꾼……아니, 빛의 성웅님.

말은 그렇게 하고 싶은데 기분은 묘하게 좋아졌다. 이상하게 사기를 잘 칠 때마다 기분이 좋아지는 기분이랄까.

강민영이 몸을 부르르 떨었다.

'저 사이에 꼈으면 우리도 죽었겠다.'

그 부르르 떠는 몸을 신희현이 감싸 안아줬다.

이 와중에 강민영은 코를 킁킁대며 '아, 오빠 냄새 좋다'라고 생각했다가 문득 자신의 이 마음가짐이 현재의 저 살벌한 상황과는 전혀 맞지 않다는 것을 깨닫고 퍼뜩 정신을 차렸다.

'내, 내가 도대체 이 상황에 무슨 생각을 하는 거야.'

그, 그래도 냄새는 좋은걸.

아무도 뭐라 하지 않았고 아무도 캐치하지 못했건만 강민영은 괜히 혼자 얼굴이 빨개졌다.

하여튼 야크 킹과 라이언 킹 사이의 전투가 벌어지는 와중, 신강철은 문득 궁금증이 일었다.

"형아, 그런데 유석이 형은 저기서 뭐 하는 거야? 뭐 엄청 오래 준비하고 있는데?"

강유석이 뭔가를 준비하고 있었다. 신희현이 씨익 웃었다.

"뭐긴 뭐겠어."

강유석이 준비를 끝마쳤는지 눈을 번쩍 떴다.

신희현이 말했다.

"저런 거 하려고 하는 거지."

강유석이 스킬명을 외쳤다.

11장
파악하지 못한 것들

야크 킹이 그 큰 덩치에 어울리지 않게 잽싸게 고개를 옆으로 돌렸다.

원래 야크 킹의 자리가 있던 자리로 라이언 킹의 거대한 앞발이 쌩! 지나가며 요란한 파공성을 냈다.

공격이 빗나간 것이 억울한지 라이언 킹은 씩씩대며 콧김을 내뿜었다.

"네놈을 반드시 죽여 버리고 말겠다."

뭔가 미세한 진동 같은 것이 느껴지기는 했으나 지금은 그것을 신경 쓸 겨를이 없었다.

가까스로 라이언 킹의 공격을 피해낸 야크 킹 역시 미세한 진동을 느꼈다. 누군가가 다리에 도끼질을 한다면 이런 느낌이 아닐까 싶었다.

하지만 그것에 큰 신경을 쓸 수는 없었다.

자신과 라이언 킹의 실력은 비등비등하다. 누가 먼저 죽어도 이상하지 않은 상황. 잠시 잠깐의 방심이 죽음을 불러온다.

라이언 킹도, 야크 킹도 그것을 알기 때문에 다른 행동을 취하지 못했다.

신희현은 회심의 미소를 지었다.

'역시 내 예상이 맞았어.'

둘의 성격이 그렇든 설정이 그렇든 그런 건 중요하지 않았다.

현재 루시아를 동원하여 거대한 다리에 폭격을 가하고 있는 중이다.

수백 미터에 이르는 거대한 다리를 바주카포 몇 방으로 부술 수 있을 거라고 생각하지는 않는다. 다만, 어느 정도의 충격을 줄 수는 있다.

'더 치고받고 싸워라.'

그리고 그 위에는 그 몸무게가 몇일지 모를 거대한 보스 몬스터 두 마리가 처절한 전투를 벌이고 있는 상황.

무게중심만 조금 틀어놔도 분명 다리는 무너지게 될 거다.

'그리고.'

신희현이 힐끗 뒤를 쳐다봤다.

육안으로는 보이지 않았다.

'초감각.'

초감각을 통해 살펴보면 뭔가가 잡혔다.

이것은 원래 신희현도 몰랐다. 강유석이 영역 선포를 펼쳐 가면서 알게 된 사실이었고 그것을 초감각으로 다시 확인했다.

'여기에 저놈들이 있었다니.'

과거에도 몰랐었다.

돌이켜 보면 과거에는 정말 운 좋게 이곳, 평화의 섬을 클리어했었던 것 같다. 물론 수백 명에 달하는 사상자가 발상하기는 했었지만 말이다.

원래대로라면 몰살당했었을 수도 있다.

'블랙 피라니아 떼다.'

블랙 피라니아.

수만 마리가 집결하여 움직이는 해상 몬스터다. 크기는 약 1미터가량. 각 개체는 그리 무섭지 않지만 떼로 몰려다니며 어지간한 몬스터 혹은 사람은 순식간에 뼈째로 갉아먹어 버린다.

'지금은 괜찮지.'

블랙 피라니아 떼가 이리저리 몰려다니는 게 느껴졌다. 워낙에 많은 숫자다.

'강유석도 문제없어.'

이미 강유석의 몸 상태도 확인했다.

블랙 피라니아 떼가 아무 몬스터에게나 마구잡이로 달려드는 건 아니다. 일단 공격을 시작하면 무시무시한 포식자지만, 공격을 시작하는 데에는 일정 조건이 만족되어야 한다.

바로 '피'다.

블랙 피라니아는 피 냄새에 매우 예민하며 피를 흘리고 있는 상대에게 즉각적인 공격을 가한다. 수백 미터 멀리 떨어진 곳에서도 그 냄새를 느끼고 달려들 정도로 후각이 발달되어 있다.

신희현이 씨익 웃었다.

'좋다.'

모든 것이 각본대로다.

그때 신강철의 질문이 들려왔다.

"형아, 그런데 유석이 형은 저기서 뭐 하는 거야? 뭐 엄청 오래 준비하고 있는데?"

때가 된 것 같다. 느껴진다. 다리는 곧 붕괴된다. 다리가 붕괴되면 저 두 거대한 몬스터를 향해 블랙 피라니아 떼가 달려들 거다.

육지에서는 최상위 포식자일 수도 있으나, 물속에서는 얘기가 달라질 터.

야크 킹이 뿔에서 붉은 광선을 발사했다.

레이저 광자포와도 같은 그 공격을 라이언 킹이 잽싸게 피해내며 입에서 검은색의 뭔가를 토해냈다.

얼핏 보면 불길 같기도 한 그것이 야크 킹의 옆구리를 강타했고 야크 킹은 한 차례 괴성을 지르고 난 뒤 라이언 킹을 향해 돌진했다.

쿵! 쿵! 쿵! 쿵!

거대한 발자국 소리와 함께.

쿠구궁!

다리를 지탱하고 있던 기둥이 눈에 띄게 바르르 떨렸다.

라이언 킹이 높이 뛰어 야크 킹의 공격을 피해낸 뒤 착지하는 그 순간.

거대한 두 몬스터의 힘을 버티지 못한 다리가 무너져 내렸다.

쾅!

수면과 다리가 부딪쳤다.

두 몬스터는 그 충격을 이기지 못하고 교량 밖으로 떨어져 내렸다.

물보라가 피어올랐고, 그것은 커다란 파도가 되어 신희현이 타고 있는 보트를 덮쳤다.

"둠 프로텍터!"

대기하고 있던 신희아가 둠 프로텍터를 펼쳐 파도를 막아냈다.

파도는 둠 프로텍터를 만나 두 갈래로 갈라져 주변을 휩쓸고 지나갔다.

그사이 강민영이 신희현의 허리를 꽉 껴안았다. 아무리 불의 법관이라도 무서운 건 무서운 거니까. 그리고 옆에 사랑하는 남자 친구가 있으니까.

신희아가 장난스레 말했다.

"쳇, 괜히 둠 프로텍터 펼쳤…… 응……?"

그때 두 몬스터들을 향해 또 다른 물보라가 피어올랐다.

"저, 저게 뭐야?"

하얀 물보라 위로 뭔가가 마구 튀어 올랐다.

수면 위로 튀어나온 그것은 날카로운 이빨과 억센 턱을 가진 수중 몬스터, 블랙 피라니아였다.

"세…… 세상에…… 오빠."

신희아조차도 신희현을 팔을 잡았다. 침을 꼴깍 삼켰다.

호수가 저 몬스터로 가득 차 있는 것 같았다.

미친 듯이 몰려드는 하얀 물보라 사이로 검은색 물고기들이 펄떡거리며 뛰어올랐다.

그와 거의 동시에, 파란색 물이 붉은색으로 변하기 시작했다.

크오오오오!

두 보스 몬스터가 괴성을 질러댔다.

야크 킹이 뿔에서 광선을 뿜어내며 호수를 반으로 갈랐다.

블랙 피라니아 수백 마리가 일격에 죽어버렸지만, 그보다도 훨씬 더 많은 숫자의 블랙 피라니아가 두 몬스터를 향해 달려들었다.

신희아는 결국 눈을 감아버렸다.

"으……."

두 거대 몬스터에서 뿜어져 나온 피가 얼마나 많은지 호수가 시뻘겋게 물들어버린 것 같았다.

눈이라도 감지 않으면 구역질이 날 것 같아서 눈을 꾹 감았다.

야크 킹의 몸이 살점이 거의 뜯겨져 나간 상태로 높이 치솟아 올랐다가 점점 가라앉았다.

가라앉는 그사이에도 얼마 남지 않은 살점이 없어지는 게 보였다.

라이언 킹도 상황은 마찬가지.

신희현이 말했다.

"저런 거 하려고 하는 거지."

크게 외쳤다.

"강유석!"

강유석이 힘을 끌어올렸다.

호수의 물이 갈라지기 시작했다. 둥그런 형태, 마치 물로 벽을 세워놓은 것 같았다.

그 둥그런 영역 안에는 거의 사체 상태가 된 야크 킹과 라이언 킹이 간신히 숨만 붙은 상태로 헥헥대고 있었다.

그곳을 향해 블랙 피라니아들이 물을 뚫고 튀어나왔다.

그 속도가 어마어마했다.

물이 없는 공간, 그곳에 블랙 피라니아가 수북이 쌓였다.

신희현이 말했다.

"민영아, 불 폭풍. 타깃은 저곳. 비어 있는 공간."

불 폭풍을 일으켰다.

"강철이, 유석이한테 마력 회복."

이 정도 규모로 물을 잡아두고 있으려면 체력이 많이 소모된다.

안 그래도 준비하고 있던 신강철이.

"마나 차징!"

스킬명을 외쳤다.

강유석의 머리 위로 푸른색 빛 가루 같은 것이 떨어져 내렸다.

거기에 신희현도 스킬을 사용했다.

블랙 피라니아가 물을 뚫고 쏟아져 나오는 속도가 어마어마했다.

수십 미터의 공간에 블랙 피라니아가 쌓이고 있다. 더 늦어지면 스틸(?)당한다.

"소환사의 비술."

소환사의 비술을 사용하여.

"칸드 소환."

칸드를 불러냈다.

[소환사의 비술 적용 가능 여부를 검토합니다.]

[현재의 레벨을 확인합니다.]

[앰플러스 네임: 초월자를 확인합니다.]

[앰플러스 네임: 앞서 가는 자를 확인합니다.]

[앰플러스 네임: 빛의 성웅을 확인합니다.]

[엠플러스 네임의 중첩 효과 특전이 주어집니다.]

[소환사의 비술이 적용됩니다.]

칸드가 소환됨과 동시에.

"도움 바람."

스킬명을 말했다.

스킬이 활성화 됐다.

상급 바람의 정령 윈더가 사용하는 '에이드 커튼'과 비슷한 스킬이다.

그러나 지금은 상급 정령이 아닌, 정령왕이 사용하는 기술.

칸드가 하늘로 솟구쳐 날아올랐다.

에메랄드빛 바람이 불어닥쳤다. 그것은 강민영이 일으킨 불 폭풍의 위력을 증폭시켰다.

고기 타는 냄새와 함께 검은 연기가 하늘로 솟구쳐 올랐다.

'조금만 더.'

블랙 피라니아들이 강민영과 신희현의 콤비 플레이에 순식간에 사라졌다. 거의 녹아내리다시피 했다.

'강력한 공격력, 대단위 군집, 빠른 이동력.'

그건 블랙 피라니아의 장점이지만.

'물 밖에서의 방어력은 처참할 정도로 형편없지.'

심지어 사람의 체온에도 화상을 입는 놈들이다.

강민영의 불 폭풍은 스치기만 해도 산화되어 사라져 버린다.

구덩이에 불길이 피어올랐고 알림이 들려왔다.

[보스 몬스터, 야크 킹을 사냥하였습니다.]

[보스 몬스터, 라이언 킹을 사냥하였습니다.]

스킬 한 번 사용했을 뿐인데 두 거대 몬스터가 사냥되었다.

알림을 들은 신강철이 조금 황당해했다.

"지금 그러니까 스틸…… 한 거네?"

블랙 피라니아가 열심히 잡아놨더니 빛의 성웅이 스틸했다.

신희현이 피식 웃었다.

"어찌 됐든 죽이면 되는 거니까."

그렇다. 모로 가도 서울만 가면 되는 것 아니겠는가.

두 보스 몬스터를 사냥하면 이곳, 평화의 섬은 클리어된다.

평화의 섬을 클리어하면서 몇 가지 석연찮은 부분을 발견하기는 했지만, 어쨌거나 일단 급선무는 이곳을 클리어하는 거니까.

[평화의 섬 클리어 조건을 만족하였습니다.]
[보상의 방으로 이동합니다.]

보상의 방으로 이동하게 됐다.
최후의 던전과 비슷한 형식. 각자 플레이어가 다른 공간으로 이동하게 된다.
어두운 공간.

[클리어 등급을 산정합니다.]

시간이 제법 오래 걸렸다. 이 정도 시간이 걸린다 함은 고려할 요소가 굉장히 많다는 뜻이다.

[플레이어별 차등 등급 보상이 적용됩니다.]

한편, 탁민호도 그 알림을 들었다.
차등 등급 보상이란다. 당연히, 신희현보다는 낮은 보상을 받을 거라고 생각했다.
그런데 놀라운 알림이 이어졌다.

[노블레스 등급 클리어로 인정됩니다.]

아무도 없는 그곳, 보상의 방에서 탁민호는 만세를 불렀다. 너무 좋아서 방방 뛰었다. 아무도 없는데 뭐가 어떠난 말인가.

"오예!"

노블레스 등급이라니! 이건 대박이다!

사실상 그는 그렇게 큰 역할을 하지 않았다. 빛의 성웅이 차려준 밥상에 숟가락만 얹었을 뿐.

"노블레스 등급 클리어라니!"

아주 신이 났다.

던전이 클리어됐고, 모든 플레이어가 밖으로 이동됐다.

그런데 신희아의 표정이 조금 안 좋아 보였다.

몹시 신이 났던 탁민호가 괜히 조심하며 물었다.

"신희아 씨? 표정이 조금…… 혹시 무슨 일 있었나요……?"

신희아는 인상을 찡그렸다.

"이 정도면 노블레스 정도는 넘을 줄 알았는데……."

"……예?"

"겨우 노블레스라니요. 엄청 무서웠는데, 쳇."

탁민호는 문화 충격을 맛봤다.

'겨우…… 노블레스라고?'

자신은 그렇게 좋아서 방방 뛰며 난리를 피우지 않았던가.

만세를 불렀었다. '빛의 성웅님 만세!'라고 외쳤었는데 어떻게 이럴 수가 있단 말인가.

탁민호가 나름대로 충격에 빠져 있는 사이, 강민영이 신희현을 쳐다봤다. 그리고 물었다.

"오빠는 원하던 거 얻었어?"

안 그래도 이곳, 평화의 섬은 반드시 클리어해야만 하는 중요한 곳이라고 하지 않았던가.

"응, 뭐. 이것저것."

토닉스를 얻었다. 이건 당연히 얻을 거라고 생각했다. 반드시 필요했던 것이기도 하고.

그런데 생각하지 못했던 다른 아이템도 하나 보상으로 주어졌다.

강민영이 또 물었다.

"이것저것? 뭐 다른 것도 받은 거야?"

몇 분 전.

신희현은 주위를 둘러봤다.

이 풍경 자체는 그렇게 낯설지 않았다.

보상의 방.

던전이 클리어되면 보상을 얻게 되는 이 방은 상당히 많은 수의 던전이 채택하고 있는 보상의 방식이기도 하니까.

'특히.'

플레이어들 간 차등 등급을 적용하여 보상을 산정할 때에 주로 쓰이는 방법이다.

'나 같은 경우는 적어도 노블레스 이상이겠지.'

그는 던전을 클리어하면서 확실히 알 수 있었다.

이 난이도는 절대 일반 던전의 난이도가 아니었다. 과거의 지식과 경험을 토대로 공략법을 수립하지 않았더라면 절대로 쉽게 깰 수 없었다.

과거에는 이 평화의 섬 난이도를 제대로 파악하지 못했었다.

제대로 파악하고 난 평화의 섬 난이도는 거의 히든 던전과 맞먹는 수준이었다.

'그럼에도 불구하고 과거에 이곳을 클리어했었지.'

여기에는 분명 뭔가가 숨어 있다. 과거에도 몰랐고 현재에도 파악할 수 없는 뭔가가 말이다.

[클리어 등급을 산정합니다.]

[프리미엄 노블레스 등급 클리어로 인정됩니다.]

신희현이 씨익 웃었다.

'역시.'

프리미엄 노블레스 등급이다. 신희현도 거의 받지 못했던 등급의 클리어. 좋다. 아주 좋았다.

[보상을 산정합니다.]

한 가지 보상은 이미 알고 있다.

그러고 보니 과거에도 높은 등급의 클리어를 받았었다.

'예전에는 S등급이었어.'

상당히 많은 숫자의 플레이어가 S등급 클리어 등급을 받았다. 그래서 굉장히 기뻐했던 기억이 있다.

'그때에 민호 형이 토닉스를 얻었지.'

추정해 보건대 길잡이들의 리더가 토닉스를 얻었을 것이다.

그것을 토대로 생각해 보면 신희현이 바라는 토닉스는 자신에게 주어질 것이 분명해 보였다.

만약 아니라 할지라도 탁민호와 거래를 통하여 얻으면 된다.

'토닉스는 분명히 나온다.'

그런데 약간 다른 알림이 들려왔다.

[앱솔루트 포션이 보상으로 지급됩니다.]

신희현은 고개를 갸웃했다.

'어?'

단순히 토닉스가 지급되지 않았기 때문에 이상한 걸 느낀 게 아니다.

자신이 받지 않더라도 플레이어들 중 누군가는 분명히 토닉스를 받았을 거다.

이건 확신이다. 토닉스는 아탄티아 던전 클리어에 필요한 아이템이니까. 다음 던전을 가리키는 이정표나 다름없으니까 말이다.

'그런데…… 앱솔루트 포션은.'

이상한 건 바로 이 '앱솔루트 포션'이라는 거다.

'들어본 적 없는 포션이다.'

전혀 들어본 적이 없는 포션이었다.

설명을 살펴보려 했는데 '?'로 표시되어 있었다.

엘렌에게 물었다.

"엘렌, 앱솔루트 포션에 관한 설명은?"

"죄송합니다. 잘 모르겠습니다. 그에 대한 정보가 없습니다."

"……."

이건 뭐지.

'앱솔루트 포션.'

과거에도 누군가가 이 포션을 받았던가.

'받았다면 누가?'

어째서 그것을 비밀로 했을까.

앱솔루트 포션이라는 건 최후의 던전을 클리어할 때까지 단 한 번도 등장한 적이 없었던 아이템이다.

'프리미엄 노블레스 등급 클리어. 그에 대한 보상이 앱솔루트 포션.'

이건 분명히 뭔가 있다. 평화의 섬에는 자신이 모르는 어떠한 비밀이 숨겨져 있었다.

그런데 알림이 이어졌다.

[보상이 추가로 지급됩니다.]
['토닉스'가 보상으로 지급됩니다.]

신희현에게 토닉스가 보상으로 주어졌다.

토닉스.

나침반 형태의 아이템이다. 사용 횟수가 1회로 제한되어 있는 소모성 아이템이며 그에 관한 설명이.

〈토닉스〉
???

였다.

거기서 하나 깨달을 수 있었다. 과거의 탁민호는 진실만을 말하지 않았었다.

'민호 형이 거짓말을 했었다.'

탁민호는 아탄티아 던전에서 토닉스를 사용했었다.

그리고 탁민호의 말을 들은 플레이어가 위험에서 벗어날 수 있었다.

'당시 민호 형은 이 아이템에 관한 정보를 열람할 수 있는 능력은 없었어.'

그건 확신할 수 있다. 그런데 어떻게?

"특수한 아이템입니다. 이곳에서 길을 찾을 수 있는 결정적인 단서를 제공할 것입니다. 제가 앞장서겠습니다."

과거의 탁민호가 이렇게 말했었다.

하지만 아무리 살펴봐도.

???

로 표시되는 설명밖에는 없었다.

그렇다는 그 당시 탁민호는 도박을 감행했던 것이 틀림없다.

토닉스에 대해 제대로 모르면서 토닉스를 사용하면 이곳을 빠져나갈 수 있다고 거짓말을 하며 플레이어들을 인도했다.

'내가 아는 민호 형이라면 절대로 그런 짓을 벌일 리 없을

텐데.'

길잡이에게 항상 좋은 길만 있는 건 아니다.

최선책이 없다면 차선책, 그것마저도 없다면 차차선책을 선택하는 게 길잡이다.

길을 안내하는 와중에 희생을 감수해야 하는 경우도 생긴다.

그렇다고는 해도, 아무것도 모르는 상태로 감에 의지해서 안내를 하는 경우는 없다.

적어도 탁민호는 절대 그럴 사람이 아니었다.

서울 시내의 한 커피숍.

신희현이 탁민호와 잠깐 만남을 가졌다.

"빛의 성웅님과 이런 곳에서 한가로이 데이트를 하게 될 줄은 몰랐네요."

빛의 성웅쯤 되면 어디 섬 하나를 통째로 빌려서 화려하게 놀 줄 알았는데. 좀 소박하지 않은가?

주위를 둘러보며 호들갑을 한번 떨었다.

"사람들이 알까요? 신희현 씨가 빛의 성웅이라는 걸?"

알면 아마 난리가 날 거다. 사인을 받겠다며 벌 떼처럼 달려들 수도 있다.

탁민호는 괜히 어깨에 힘이 들어갔다. 그 유명한 빛의 성웅과 겸상(?)을 하고 있지 않은가.

괜스레 호랑이 등에 타고 위세를 부리고 있는 것 같은 기분이 들 정도였다.

"탁민호 씨, 혹시 이 아이템을 감정할 수 있습니까?"

"이건……."

탁민호가 고개를 저었다.

"모르겠습니다. 물음표로 표시됩니다."

"그렇군요."

초감각을 사용하여 상태를 파악해 보니 탁민호는 현재 불안하거나 긴장하지 않았다. 거짓말을 하고 있는 것 같지는 않았다.

간단히 이야기를 나눈 뒤, 신희현은 자리에서 일어섰다.

"그럼 저는 진짜 데이트를 하러 가 보겠습니다."

밖으로 나간 신희현에게 전화가 걸려왔다. 최용민이었다.

─감식 결과, 탁민호 씨는 거짓말을 하고 있지 않습니다.

─그렇군요.

이로써 확실해졌다. 탁민호는 거짓을 말하지 않았다. 정말로 감식을 할 수 없었다. 과거의 탁민호보다 훨씬 강한 탁민호인데도 말이다.

'오케이.'

괜찮다. 아무것도 모를 때에도 최후의 던전까지 갔다.

자신이 제대로 파악하지 못하고 있는 것들을 정리해 봤다.

'고대와 관련한 던전들, 파괴의 신 파빌러스, 평화의 섬 미

스터리. 이 정도인가?'

이 정도가 제대로 파악하지 못한 것들이다.

그래도 다행이다. 아예 모르면 몰랐을까, 적어도 이러한 것들이 있다는 것을 인지하고 있다.

변수를 아예 모르는 것과 알고 있는 것은 차이가 크다.

신희현은 강민영과 신촌에서 데이트를 즐겼다.

"오빠, 그래서 다음은 뭐야?"

신희현은 피식 웃고 말았다.

역시 강민영이다. 이 시스템에 굉장히 최적화되어 있는 성격과 능력. 이런 걸 재능이라고 부른다.

신희현은 지금 강민영이 평범한 일상을 묻는 게 아닐 거라 생각했다.

"다음?"

다음은 뭐 별거 있나.

"뽀뽀."

쪽, 쪽, 쪽.

세 번이나 뽀뽀했다. 신촌 길거리에서. 주위에는 사람이 굉장히 많았다.

강민영의 얼굴이 빨갛게 달아올랐다. 신희현의 등짝을 한 대 쳤다.

"오빠!"

아니, 정말. 이 아저씨가. 밖에서 이러는 거 아니라니까!

다른 사람들이 흉본다고.

그 긴 말을 손바닥에 전부 담아서 때렸다.

여느 평범한 커플들과 다를 바 없이 티격태격하며 길거리를 걷다가 신희현이 대답해 줬다.

"다음은 아탄티아 던전이야."

강민영이 신희현을 쳐다봤다.

"……."

"아마 여태까지 경험했던 던전 중에서 규모가 가장 클 거야. 많은 인원이 필요하고."

"……."

신희현이 보기에 강민영은 흥분하고 있는 것 같았다.

가장 큰 규모라니! 많은 인원이 필요하다니!

"굉장히 중요한 던전이기도 하고."

"……."

그런데 영체화 상태의 엘렌이 뭔가 이상함을 느꼈다.

'뭔가, 잘못된 것 같은 느낌이 든다.'

그녀가 그래서 말해줬다.

신희현에게 귓속말했다. 영체화 상태를 하고 있는 파트너의 말은 타 플레이어에게는 들리지 않는다.

그걸 알고 있는 엘렌이지만 아주 작게 말했다.

'지금 강민영 플레이어, 화난 것 같습니다. 관찰하십시오.'

그 말에 신희현이 번뜩 정신을 차렸다.

"아, 아니. 우리 그 영화 보러 가기로 했잖아. 농담이야, 농담. 영화 보러 가자."

그제야 강민영의 표정이 풀렸다. 활짝 웃었다. 빛의 성웅의 등덜미 뒤로 식은땀이 흘러내렸다.

'무서웠어.'

아무래도 강민영을 많이 오해한 것 같았다.

데이트다, 데이트. 오빠랑 데이트다.

신나 하며 팔짱을 끼고 걷고 있는 강민영을 보며 신희현은 괜스레 웃음이 새어 나왔다.

데이트를 하려고 했는데, 일렁거림이 시작됐다.

비상 사이렌이 울리기 시작했다.

사람들은 제법 이 사이렌에 익숙해졌다. 그래도 우왕좌왕하기는 매한가지.

아무리 이런 상황에 익숙해졌고 연일 뉴스에 도배되고 있다고는 해도 직접 당하면 당황하는 게 사람이다.

"비, 비켜!"

"빨리 도망치란 말이야!"

일반 사람은 몬스터에게 대적할 수 있는 힘이 없다.

현실에 모습을 드러내는 몬스터의 대부분이 약한 몬스터

라는 것을 감안해도 일반 사람에게 굉장한 위협이 되는 건 틀림없었다.

많은 사람이 우왕좌왕 도망치면서 강민영의 어깨를 마구 치면서 지나쳤다.

신희현은 인상을 찡그렸다.

'아씨, 분위기 좋았는데.'

갑자기 짜증이 마구 치솟아 올랐다.

'내 데이트를 방해해?'

감히? 몬스터 주제에? 너 딱 걸렸다. 어떤 놈이 튀어나오는지 어디 한번 보자.

신희현이 앞으로 걸어갔다.

일렁거림이 제법 컸다. 최소 4미터 이상의 덩치를 가진 놈이 나타날 것이 틀림없었다.

어느새 일반 사람은 대부분 대피했다.

아직 고구려에서 파견한 플레이어는 도착하지 않은 모양이지만 현실의 몬스터를 잡는 전문 플레이어들, 다시 말해 던전을 클리어하려면 약간 실력이 부족한 플레이어들이 자리에 남았다.

잠시 짜증이 치솟았던 신희현의 마음이 이내 여유로워졌다.

'확실히 많이들 달라졌네.'

완전히 온실 속 화초는 아니었다.

속성의 탑 덕분인지 몰라도 플레이어들은 외적, 내적 성장을 많이 이룬 상태.

'서로 처음 보는 플레이어들 같은데…….'

그런데도 나름대로 진을 짜고 효율적인 레이드를 위해 움직이고 있었다.

"저희가 7시를 맡겠습니다."

"저희가 1차 탱킹을 맡겠습니다."

"딜러 1진은 이쪽에서 준비하겠습니다."

신희현은 뭐랄까. 잘 큰 아이들을 보는 것 같은 기분에 사로잡혔다.

그래, 그렇게 하는 거지.

신희현이 보기엔 허접한 몬스터가 나올지 몰라도 저들에게는 위험한 몬스터일 수도 있다.

신희현은 그걸 간과하지 않았다.

'그런데…….'

그런데 뭔가 조금 이상했다.

현실 세계, 이곳을 필드라고 부른다. 필드에서 나타나는 몬스터가 나타나는 것치고는 일렁거림의 시간이 유난히 길었다.

'뭔가…….'

조금.

'이상한데?'

어디서 봤던 것 같은 문양이 보였다.

'아냐. 봤던 게 아니다……!'

본 적은 없다. 하지만 저 문양, 들은 적이 있다.

붉은색 '@' 모양이 보였다.

그 문양이 빙글빙글 돌면서 붉은색 실선으로 만든 소용돌이가 되어 플레이어들의 눈을 어지럽게 했다.

'이건…….'

신희현은 마침내 기억해 냈다.

'지금 시점에서 저건…… 우연인 거냐?'

12장
불의 제왕 (상)

'@' 형태의 문양.

점점 확대되며 커지는 붉은색 소용돌이.

저것 자체는 그렇게 특이할 게 없다. 몬스터의 종류는 꽝
장히 다양하고 어떤 모습으로 나타나든 그런 건 중요한 게
아니니까.

중요한 것은 따로 있었다.

'이건…… 큰 줄기인가.'

저 멀리 강동훈이 보였다. 과거 불의 제왕으로 불렸던 정
령사. PVP로 불의 법관 강민영을 꺾고 단숨에 유명세를 탔
던 그 플레이어 말이다.

'강동훈은 갑자기 모습을 드러냈고 또 갑자기 자취를 감췄

었다.'

강동훈이 언제 어디서 사라졌는지는 알 수 없었다. 아마도 어떤 던전에 갇혀 죽었을 것이라 짐작하고 있는 상황.

언제 어디서 어떻게 사라졌는지는 모르지만 그가 처음 모습을 드러냈던 것은 바로 이곳이었다.

'카렐이 나타났던 곳.'

더 정확하게 말하자면 이곳, 그러니까 신촌은 아니었다. 정확한 위치는 기억이 나지 않는다. 다만 저 몬스터 앞이었던 것은 틀림없었다.

'카렐이 나타났을 때, 강동훈이 모습을 드러냈었다.'

과거에는 그걸 고구려가 알아냈다. 강동훈이 어떠한 방식으로 강해졌는지, 언제 플레이어가 됐는지.

그러한 것들을 파악하면 다른 플레이어들이 보다 쉽게 강해질 수 있을 거라 판단했었으니까.

강동훈에 관한 자세한 정보는 얻을 수 없었지만 하여튼 강동훈은 이때 모습을 드러냈었다.

'잘 모르겠다.'

작은 줄기는 바뀌되 큰 줄기는 바뀌지 않는다.

카렐이 나타나는 이곳, '@' 모양 소용돌이, 그리고 불의 제왕 강동훈.

'큰 줄기인가.'

강동훈과 비슷했던 플레이어가 세 명 있었다.

어느 순간 갑자기 나타나 강력한 힘을 발휘했으며 삽시간에 유명해졌던 초신성 플레이어.

폭군 강유석.

불의 제왕 강동훈.

'그리고……'

탑 메이지 김소라.

'그러고 보니……'

그러고 보니 강유석, 강동훈, 김소라는 자신과 연관이 있었다.

그들 입장에서는 억울할 수도 있는 연관성이다.

강유석은 원래 자신의 클래스였을 '소환사'를 빼앗겼고, 강동훈은 '칼리아의 반지'를 빼앗겼다. 김소라는 '올 스킬 리듀스'를 빼앗겼다.

올 스킬 리듀스의 경우는 약간 다를 수도 있다. 그건 김소라의 특정 스킬이 아닌, 수량이 한정되어 있는 패시브 스킬이니까.

스킬북의 숫자가 굉장히 적다 보니, 어쩌면 원래 김소라에게 갔어야 할 스킬이 신희현에게 갔을지도 모를 일이다.

'뭔가 연관이 있는 건가?'

그때 강동훈이 불의 정령을 소환했다.

신희현은 그걸 알아볼 수 있었다.

'하급 불의 정령, 살라.'

카렐은 '정승' 형태에 가까운 모습을 가지고 있다. 크기는 약 4미터. 몸통이 나무로 이루어져 있으며 머리에는 도깨비 뿔 같은 뿔 두 개가 달려 있다.

하회탈처럼 함박웃음을 짓고 있되 입이 굉장히 크고 붉었다. 다리가 없는 대신 허공에 둥둥 떠서 이동하는데, 빙글빙글 돌면서 이동하는 것이 특징이었다.

그중에서도 가장 중요한 특징은 역시 '나무' 형태의 몬스터라는 소리다.

리치와 빛 속성이 상극을 이루듯, 불과 나무 역시 상극을 이룬다. 공격이 가능하다면, 불 속성의 공격은 나무 형태의 몬스터에게 커다란 피해를 입힌다.

강민영이 신희현의 팔을 흔들었다.

"오빠, 무슨 생각을 그렇게 해요?"

"아, 응. 아무것도 아냐."

"치, 또 혼자서 막 생각하고. 나랑 같이 생각하자니깐."

신희현이 피식 웃었다. 강민영의 머리를 슥슥 문질렀다.

"지금은 나도 잘 모르겠어서 그래. 나중에 말해줄게요."

정말 아직은 모르겠다.

저번 생에서 거대한 획을 그었던 강유석. 그와 비슷하게 갑자기 모습을 드러냈던 두 명의 플레이어.

강동훈을 보자 그러한 사실들이 떠올랐다.

직간접적으로 자신과 연관이 있는 세 명의 플레이어.

'강동훈의 레벨은 400 중반대.'

언제 레벨을 저렇게 올렸는지 모르겠다. 고구려에서도 주목하고 있지 않던 플레이어다.

400 중반이면 속성의 탑이 나타난 지금에 이르러서도 최고수에 속한다. 그런 플레이어가 여태까지 두각을 드러내지 않았다는 소리다.

"민영아."

"응?"

"저놈, 그냥 콱 혼내줘야겠어."

뭐가 어찌 됐든 저놈은 즐거운 데이트를 방해한 놈이다.

내 소중한 민영이를 괴롭혀?

사실 따지고 보면 카렐은 강민영을 전혀 괴롭히지 않았다. 아니, 괴롭힐 수도 없다. 강민영의 레벨이 훨씬 더 높지 않은가.

화염계 마법 한 방이면 이승을 떠나는 불쌍한(?) 몬스터다.

이럴 때 아주 제격이 소환 영령이 있다.

"루시아!"

루시아가 모습을 드러냈다. 신희현의 눈치를 살피더니 조용히 단도를 꺼내 들었다.

"죽이겠습니다."

몬스터 하나가 원거리 딜러의 단도에 난도질을 당했다.

신희현은 강동훈에게 가까이 다가갔다.

"저기."

강동훈 씨 하고 말을 하려다가 참았다. 그랬다가는 대뜸 경계부터 할 테니까.

'어떤 연관이 있는지는 모른다.'

그렇지만 강동훈은 분명 커다란 전력이 된다.

갑자기 모습을 드러낸 것만큼이나 갑자기 사라졌던 강동훈이다. 불의 제왕이 만약 살아서 최후의 던전까지 함께한다면 굉장한 도움이 될 수 있을 거다.

'게다가 강동훈은 정령사다.'

강유석과 마찬가지다.

특정 공간에서 정령사의 영역 선포는 획기적이기까지 한 경이로운 능력을 발휘하곤 한다.

지금 당장 떠올린 곳은.

'최후의 던전 초열지옥.'

그곳에 만약 강동훈이 있다면?

'훨씬 더 쉽게 클리어할 수 있을 거다.'

신희현은 솔직하게 접근하기로 했다. 지금 자신의 명성과 위치는 그에게 큰 도움이 될 테니까.

"빛의 성웅입니다."

"······예?"

강동훈은 자신의 귀를 의심했다.

빛의 성웅? 에라이.

"저 시간 없습니다."

인터넷에도 보면 수백 명의 빛의 성웅이 존재한다.

빛의 성웅부터 시작해서 빛의 영웅, 빛의 사기꾼, 빛의 건물주, 심지어 빛의 고추까지도 존재하는 마당에 자신이 빛의 성웅이라고 주장하는 사람은 널리고 널렸······.

'어?'

그리고 보니.

'저 붉은색 머리카락을 가진 여자.'

뿐만 아니라.

'엄청난 덩치의 탱커.'

거기에.

'굉장한 미인.'

화룡정점으로.

'날개 6장의 천사.'

이쯤 되면 믿지 않을 수 없었다.

신희현이 일부러 소환 영령들을 소환했고 엘렌의 영체화를 풀었다.

신희현이 물었다.

"잠시 얘기 좀 할 수 있습니까?"

강민영은 남몰래 입술을 삐죽 내밀었다.

'나랑 영화 보러 가기로 했으면서!'

하지만 내색하지는 않았다.

아니, 그건 그것 나름대로 서운하기는 한데 저 강동훈이란 남자에게 관심이 많이 갔다.

이성으로써의 관심은 절대 아니었다. 물론, 강동훈은 180㎝가 넘는 큰 키에 잘생긴 얼굴을 갖고 있기는 했지만 강민영의 눈에는 세상에서 신희현이 제일 귀엽고 최고로 잘생겼다.

'도대체 누군데 저럴까?'

아무래도 자신은 신희현이 말하는 것처럼 천생 플레이어가 맞는 것 같았다.

'불의 정령을 사용했어.'

자신과 속성이 같지 않은가. 그래서 더 관심이 갔다.

중요한 사람일까?

알 수 없었다.

잠깐의 얘기가 끝이 났다.

신희현이 먼저 자리에서 일어섰다.

"다시 자리를 잡겠습니다. 제가 도움을 드릴 수 있을 것 같네요."

"……예, 감사합니다."

강동훈은 조금 의아했다.

그 유명한 빛의 성웅이 갑자기 왜 자신에게 반응을 보이는 걸까.

일어나려는 신희현에게 의문을 표했다.

"그런데…… 제게 왜 이렇게 깊은 관심을 보이시는지 모르 겠습니다."

"제겐 특별한 능력이 있습니다."

강동훈이 고개를 끄덕였다.

그건 당연하다. 그 유명한 빛의 성웅 아닌가.

대표적인 능력으로 '예지력'을 가지고 있으며 엄청난 위업 들을 아무렇지도 않게 해내 버리는 플레이어.

특별한 능력 정도는 당연히 가지고 있겠지.

"정확히 말씀드릴 수는 없습니다만…… 그 능력으로 보건 대, 강동훈 씨는 불의 정령왕을 소환할 수 있는 자질이 충분 해 보입니다."

"예?"

불의 정령왕?

솔깃하기는 했다. 다른 사람도 아니고 무려 빛의 성웅이 말하는 것 아닌가.

정말 그럴 수만 있다면.

괜스레 흥분되는 것을 느꼈다.

그런데 누군가가 모습을 드러냈다.

"그건 안 돼요! 아무것도 모르면서!"

내심 신희현은 똥줄 탔다.

'영화 예약 시간 거의 다 됐는데……!'

이러다가 민영이 삐지면 어떡하나 싶다.

물론, 강민영은 영화 따위 잊었다. 지금의 이 얘기가 더 흥미롭다.

불의 정령왕이라니? 재미있었다.

오히려 강민영이 먼저 나서서 말했다.

"강동훈 씨의 파트너인가요? 어째서 안 된다고 하시는 거죠?"

최용민에게 보고가 올라갔다. 신희현과 관련된 보고였다.

감히 빛의 성웅을 미행한다거나 하는 건 아니었다.

길잡이인 그를 미행할 수 있는 사람은 없다 해도 과언이 아닐 정도.

아무리 고구려라도 그런 짓을 벌일 수는 없었다.

다만, 신고를 받고 출동한 그곳에 빛의 성웅이 있었다.

"한 플레이어에게 지대한 관심을 보이고 있습니다. 클래스는 정령사. 불의 정령사라 합니다. 그런데 데이터베이스에 기록이 없습니다. 초짜 플레이어 같지는 않은데……."

"……그렇군."

보고가 이어졌다.

"그런데 빛의 성웅과 공통점이 발견되었습니다."

"공통점?"

"빛의 성웅의 파트너 엘렌이 모습을 드러냈습니다."

거기까진 이상할 게 없다. 아주 가끔이지만 영체화 상태를 풀고 모습을 보여주기도 하니까.

"강동훈의 파트너 역시 엘렌과 비슷한 형태를 하고 있습니다. 파트너들의 말에 따르면 천족이라 합니다."

한편, 모습을 드러낸 파트너는 4장의 날개를 활짝 펼쳤다.

마치, 나의 이 자랑스러운 날개들을 봐. 이렇게 시위하는 것 같았다.

그래서인지는 모르겠지만 엘렌도 모습을 드러냈다. 굳이 시키지도 않았는데 6장의 날개를 활짝 펼쳤다.

강동훈의 파트너의 눈망울에 눈물이 가득 차올랐다.

"……힝."

아무래도 분한 것 같았다.

내가 졌어. 내가 졌다구. 나는 4장인걸! 내가 이길 줄 알았는데!

이렇게 말하고 있는 것 같았다.

엘렌이 물었다.

"어째서 안 된다는 겁니까?"

"불의 정령왕은 위험하니까요! 우리 파트너를 불태워 죽일 수는 없어요! 안 돼, 안 돼. 도리도리."

도리도리라고 말을 하면서 고개를 양옆으로 획획 저었다.

그 모습이 다분히 과장되어 보이기는 해도 작위적으로 보이지는 않았다. 오히려 제법 귀여웠다.

"빛의 성웅께서 도우면 가능합니다."

"그래도 위험한걸!"

"빛의 성웅께서는 이미 정령왕을 소환하셨습니다. 속성은 바람입니다."

신희현은 저도 모르게 피식 웃고 말았다.

엘렌은 지금 약간 흥분한 상태인 것 같았다. 겉으로 보기에는 무표정이기는 했지만, 감히 너 따위가 우리 파트너가 말하는데 안 된다고 딴지를 걸어? 아마도 그런 상태 비스무리한 것이라 짐작했다.

'저렇게 보면 엘렌도 나름 귀엽단 말이야.'

저렇게 무표정을 유지하면서 흥분하는 것도 쉽지 않을 텐데.

"미, 믿을 수 없어요. 어떻게 사람이 정령왕을 소환할 수 있어요? 정령왕들은 그 성질머리가 아주 포악하기 그지없다구욧!"

"……."

"정령왕은 사람이 소환하면 안 돼요! 그런 몰상식하고 미친 짓을 누가 하는 거람?"

그때 바람이 불어닥쳤다.

"어이, 꼬맹이. 죽고 싶냐?"

정령왕 하나가 심드렁한 표정을 지으며 모습을 드러냈다.

그때, 신희현은 교감을 통해 뭔가 이상한 점을 하나 느꼈다.

'칸드? 너…… 어째서……?'

to be continued

Wi Boo

우지호 장편소설

빅 라이프

돈도 없고 인기도 없는 무명작가 하재건,
필사적으로 글을 써도
절망뿐인 인생에 빛은 보이지 않는데…….

어느 날,
그가 베푼 작은 선의가
누구도 믿지 못할 기적이 되어 찾아왔다!

'글을 쓰겠다고 처음 결심했던 때를
잊지 말게.'

무명작가의 인생 대반전!
지금 시작됩니다.